自序　救赎的密语

每天，时间被睡眠切割，被疲倦和厌倦切割，被上厕所、接电话、给杯子续水切割；时间被取报纸、发邮件、洗车、给车加油，以及去理发店理发切割；时间被邻居制造的噪音、垃圾短信、突然敲门而至的推销员切割。我时常想，这些被切割的时间，它们与写作貌似毫无关联，却又牢牢地攫紧了写作者那根敏感的突围神经。

我拥有坚定的“八不主义”，即不跟风、不盲从、不媚雅、不凌弱、不惧怕、不偏激、不嘚瑟、不消极，而人的模样就是散文的模样。

事实上，每个人都在重复做着他人做过的事情。比如，要创新——将咖啡加入一袋咸味奶茶试喝，巨难下咽，只好倒掉。

重复的意义在于重复的过程中又介入了新的感觉体验和开悟信息，它们呈现出生命敏锐觉察到的、经过比较和沉淀后的经验。

我知道，这些速朽的文字不能给世界增添色彩，它们在寻找同类的共鸣，但更属于一个人寂寞孤独的私语。

我将最终告别狭隘和局限，走向大我，把尖刻的言辞暗藏，将善意和宽容向四周撒播。我将用最诚挚的书写，来完成对生活的认知、解读和哪怕微小的建设。

周蓬桥

2019 年 6 月 22 日

目 录

第三辑　绳子上的路

第四辑　回忆花楸树

第五辑　碎布片

第六辑　简朴生活录

第一辑　林间萤火

北斗星在拂晓前闪烁

冬天，我在鲁中居住的日子是沉闷无聊的，节奏像磨盘一样缓慢滞重，碾压出岁月的汁液与月光碎屑，需要隐忍各种刻板与形式，度过一个个忙碌的白天。

到了夜晚，周围静下来，大地滴水成冰，可以听到冰雪在屋檐聚集，窗花窸窣开放，氤氲之雾在空中飘散。虽然我居住在湖边小区，几乎每天都可以沿湖散步，可抬头望见夜空的北斗之时，便会瞬间怀念起辽阔的北方，森林莽野，白山脚下的那条路像跳动的火苗映入脑海——小木屋、白桦林、野山参、梅花鹿、紫貂、松塔和萤火……

星光的照耀，时常指引我的内心渴望远方，不为眼前的喧嚣所干扰和焦虑，不陷入世间名利逼仄的胡同。远方，北斗星下，暴风雨正在聚集，有各种突如其来的危险，但那是大自然给人的考验，充满了战斗的欢愉和荣光。当然，更多的是美景，是视觉的盛宴和全新的体验。每年，无论手边的事情多么琐碎，我都要挤出时间把自己放逐，去草原、沙漠、湖畔、山野等原生面貌尚存的地方，吸取大地的精气和能量；而白山周围，渐渐成为一个考察据点，是必定抵达的营地。白山周围复杂而开阔，有太多值得挖掘的故事，有人与大地相亲相爱的奥秘。

第一次去白山看天池，正落山雨，天池和隐藏其中的水怪始终在雾气中不肯露出真容——令我失望的还有天池周围的地貌，居然是一片寸草不生的不毛之地，火山灰遍布，仿佛带有热度，这与想象中满山花开的画面不符。但从天池返回的路上，景色大美：瘦削的山体被自然的伟力切开，地下森林神秘幽深，奇异的花草如梦似幻。还有成片的花楸树，我快步上前，搂定其中的一株——我终于又见到花楸树了……

我记录下每一种植物的名字，记了满满一大本，还有丛林中飞舞的蝴蝶、奔跑的麋鹿。在疾驰的旅行车上或者懒洋洋的闲暇时光，我一遍遍地温习这些名字，像对待最亲密的朋友那样记牢，放入大脑的储藏室里，像食物一样伸手可取。忙碌的生活把我的时间切割成了碎片——眼下到处都是碎片化的物景，手边的事情总是处理不完，往往一件事情刚刚理出头绪，另一件事情已在推搡催促，日子看似持续前行，实则乱糟糟的，经不起逻辑上的缜密推敲，更经不起时光的检验。当夜晚来临时，大脑一片空白，感觉两手空空，内心涌起莫名的悲伤。少年时代，醉心于浪漫的诗篇，“白也诗无敌，飘然思不群”——哦，成年后，我终是没有逃脱世俗的魔掌……在旅途中，我细细检点自己的来路，内省像一面镜子，照出人性的自私、狭隘与丑陋，一些过往的细节不忍正视，甚至要呕出血来，我的心在隐隐作痛。

渐渐地，我觉得自己缺失了北斗星的指引。我时常浮躁，也做过错事，总是在深夜发出叹息。在白山一带，一位写作者的名字从脑海中冒出。我们曾经有过一面之缘，互相留了对方的联系方式，并且相约下一年春天在山脚下相聚。他说他在二道白河镇租了一个院落，有写作间，有烧茶室，还有收藏的各种动植物标本；他向我讲述自己多年在群山密林观察自然与动物的冒险离奇的故事，因为那些历险，他差点丢掉性命……他口若悬河，在他面前，我觉得自己像个不谙世事的孩子，根本插不上话，只有点头诺诺的份儿。这些年我很少见到一位特别的同道，他应该算一个。一番交谈后，我很快发现自己和他性格差异较大，但我被他从灵魂深处散发出来的人格魅力深深吸引。我想去看看他森林小镇上的荒僻院落，看看他在山脚下蹲守观察自然的木屋子，以及他多年来的各种珍贵收藏。他在黄昏的光线下劈木柴的声音响彻四方。在我看来，他是中国大地上的普利什文，或者写过《金蔷薇》的苏联作家康·巴乌斯托夫斯基。总之，他是个内心有北斗星的人，在天黑后准时点亮，在拂晓前热情燃烧。

我们计划在春天见面，那时万物复苏，森林歌唱。有无数次，我虚拟出我们在白山脚下相聚的情景，我把他想象成老猎人的模样：扛着双筒猎枪，双目炯炯有神，警惕地注视四周。只不过他不是为了猎取野生动物，而是为了对付那些林中偷猎的人。时光的变迁让世人的认知产生了分野，有人为了获得暴利不惜冒险残杀野生动物，有人则不惜牺牲性命来保护这片山岭。我的作家老哥是个坚定的环保主义者，天下所有猎杀野生动物的人都是他的仇敌。他之所以常年蹲守森林，在露水间穿行，仔细地记下自然规律、日出与日落，记下动物与植物的行踪与生长，然后写成书传达给远方，正是要告诉人们这片古老的森林已经岌岌可危，如果再破坏下去，它将不再美丽，直至成为荒凉的废墟。我们将沿河而行，款款散步，身边是高大的树木，野花艳丽芬芳，风轻轻地吹动着树叶，水在独木桥下静静流淌，神秘的气息向四周扩散。这个美好的画面近在咫尺，却最终没能成为现实——2017 年 5 月的一天，我从报纸上看到作家老哥猝然离世的消息……

春天，我来到二道白河镇。这是一场单方的赴约——接受冥冥之中的安排，我必须前来完成这个宿命般的约定。奇怪的是，我的内心没有悲伤的成分掺杂，而是异常平静。友人离去的消息越来越多，像密集的子弹击中我的身体，而我只能无奈地承受。空气中响着他的话语，我听得真真切切，我甚至能强烈地感受到他强大的气场依然存在，他的粗嗓门和爽朗的笑声还在森林之上盘旋，深沉而豪迈。经过一番打问，我找到他租居的院落——木栅门，石头墙，一切都和我在梦中见到的一样。迎接我的是一树盛开的梨花，见我到来，梨花兀然飘落一地，仿若一场白色的祭礼。我看到他生前用过的旧物：行李箱、衣帽和沾有泥土的鞋子，以及他从森林里搬来的一堆木桩。

一个人与另一个人的缘分那么短暂，却可以在灵魂的深处永久回荡。他在林中的坟墓朴素无华，已经爬满了野草，草丛下埋葬着一颗北斗星。

从黑土里钻出许多东西

一到春天，便会从黑土里突然钻出许多东西，除了灌木丛，还有许多叫不出名字的植物。丁香的气味比较冲，混合着风吹过来，吸多了会让人头晕。而阳光在春天总显得苍白无力，经不住一点儿风吹，斑驳的光点在路边的草尖上舞蹈，仿佛草尖上正在上演一台歌舞会。脚步向前挪动，这时候会看到阳光的真实面目，像一枚枚铜钱，一串串地在地上游移。而当你无意间一抬头，是漫天飞舞的喇叭虫和飞蛾。

极目远山，灰椋鸟、乌鸫和白嘴鸦正成群结队地飞来，它们在白桦树林中嬉戏做巢，加入春天的合唱，渐渐定格成一幅木版画。一个头戴狗皮帽子的农人到林间空地上撒花种，开始做入春后的第一桩劳作。在他看来，森林里如果没有花草，就像天空中没有星星一样寂寥。农人手搭凉棚，望见野岭起伏，雪线在山顶划出了明确的分界。大地如此空旷、寂静而苍茫——如果沿着山脚下种花，一路种下去，用一年的时间也种不完。

在此之前，黑土地上的冬天冷到了极点：森林中的泉眼冻结了，白桦树冻得发抖，啄木鸟正猛烈地敲击树木，结果鸟喙被冻僵在树洞里，它扑棱着翅膀挣扎，最后没了力气——有许多飞禽的标本，就是这么获取到的。有人曾夸张地跟我描述，白山最冷的时候，可以把烟囱冻裂，屋顶上留下一缕炊烟的形状。风雪过后，天黑下来，整个山林一片寂静，方圆百里听不到一句人语，木栅门前蛇一样弯曲的小路伸向白茫茫的远方，深深的雪地上，只有一头黑熊在吃力地迎风而走——孤独而倔强的黑熊，固执地走在雪野中，仿佛在赶一场不能失约的聚会，又仿佛在赴一场生与死的决斗。

在白山，一年四季，至少有三个季节是沸腾和忙碌的。除了种花，人们挖山参、种葵花、捕鱼、采山货、伐木和割芦苇，尽情地从山上获取果实，年轻人还会在半山腰大声唱歌：

白云朵朵，
花儿香香，
在高高的密林，
住着我心爱的姑娘。

过了十一月，气温骤降，封山令一下，人类便把白山还给了神灵，和动物们一起瑟缩着脖子过冬去了。整整一冬，白山属于自然之神——暴风雪一场接着一场，天神任性地把林海雪原涂改面貌，布置成大地上的迷宫。在自然面前，偌大的白山不过是一只玩具，它就像一只旋转的陀螺，只要稍一用力，这只陀螺就会掉进冰窟窿里。人类呢，大约是吸附在白山上的蚂蚁，而且是一只年迈的蚂蚁，行动迟缓，已经老了。

整整一冬，我都躲在木屋子里不敢出门。我能清晰地感受到寒冷已经抽走了身上的大部分热量，害怕出门后走一段路就没了回家的力气，像啄木鸟一样被冻成标本。偶尔拉开门栓，是为了到屋后取几根木柴，给火炉和土炕加一把火。这时候，全家人都离不开一堆燃烧的木柴，大家要依靠这火焰给身体输送热量。木柴噼啪燃烧着，映红了每个人的脸庞，大家瞳仁明亮，似乎都怀着心事，像一粒花种播进心田的泥土，那是难以抑制的对春天的渴望。

屋檐下冰凌垂挂，形成冰柱，风一吹呜呜作响。我们把身体紧偎火炉，讲些轻松的话题抵御恐惧，讲温馨的陈年往事，也讲多年前的某一次历险，家人们在用这种心照不宣的方式互相打气。但在呼啸的风雪中，还是会有一些坏消息从门缝传递过来：黑风口发生了雪崩，山脚下的二歪嘴被冻死了，疯狂的野狼趁风雪袭劫了赵大棒家的养鸡场……每当听到这样的消息，我们都会失眠一整晚，点上烛火暗暗祈祷——人人都害怕自己栖身的这幢木屋子被暴风雪瞬间吞噬……如果房子在风雪中坍塌，那么这里除了留下一堆瓦砾之外，还会有木梁下压着的几条人命，以及全家人做过的许许多多关于春天的梦。

有一年，赶上过春节，家家户户都在忙着包饺子、炸丸子和蒸黏豆包，可恶的暴风雪却不长眼地来了，来了就像狼外婆一样赖着不走，接连折腾了三天三夜才停歇下来。在这整个过程中，储藏的吃食还算充足，有一瓦缸年货，有过年的香米和荞麦粉，可屋外的一垛柴火却很快烧完了。无奈之下，我们只好拆下围栏上的木条当柴火烧，如果暴风雪再多刮一天，我们会把小仓房的门烧掉。

这让我对木柴产生了一种特殊的感情，说不清道不明，反正看了就想落泪。

直到今天，我还保存着一个令人费解的习惯——当木柴燃烧完以后，我喜欢提着半铁桶草木灰，把它们倾倒在大路边、篱笆旁。然后，我悄悄地躲起来，观察路上的行人，看这些草木灰会不会被他们踩到——如果行人踩到草木灰，我会很高兴。

我想，这个远道而来的过客，我们整个余生可能都不会再有任何交集，但他的鞋底却带走了我家的草木灰。这究竟是一种什么缘分呢？要知道，这些草木灰在昨夜曾温暖过我们一家人，上面沾有我们的体温。

就像眼下，这山下漫天飞舞的灰蛾、蜜蜂和叫不上名字的昆虫，它们带着春天的冲动，从解冻的黑土里破茧而出，在春天的山野里成为季节的一员——这景象让人望一眼就觉得踏实和庆幸。

要知道，经过去年的几场暴风雪，许多人已经喝不上新年的春茶了。

白山松雨

“前面就到白山啦。”

话音刚落，雨说来就来。雨珠在挡风玻璃上滚动，像顽皮的孩童跳来跳去，很快占领了方向盘前的舞台。我们坐在车内，观看一场雨珠的表演——这透明的、小小的演员，像蝌蚪界的名角。这是白山的春雨，它们掠过浩瀚的松树丛林，带着松油的清香，一部分被风吹远，一部分来到我的车窗前。

雨是上天恩赐的礼物，并且有好赖之分——一场好雨是柔软的，沙沙地落着雌性般温存的呢喃，那是说给大地的情话。这样的雨落到白山顶上，枯黄的草芽和树梢顿时就绿了一片，山下的河流解冻了，积雪丝丝融化，变成溪流汇入河水。遇到这样的雨天，白山人会走出木屋，身披蓑衣，手持钢叉，十分惬意地提着木桶到河里捞鱼。河里游着食指大的小白鱼，捞上来炖汤，味道鲜美到要死要活。

这样的小白鱼汤，我十年前在阿尔山品尝过。那也是一次文学采风，向导熟悉当地的风情和美食，一路上向我们推荐，让我们一定要喝一次小白鱼汤，它们产自长长的“哈拉哈”河。“哈拉哈”河丝绸一样在草原上飘动，清澈得可以看到河底的水草，人们一网打下去，便会捕捞半篓子活蹦乱跳的小白鱼。当地人专门开设了小白鱼罐头厂，生产的小白鱼罐头行销四方。

白山的气候变化多端，接连下过几场好雨之后，老天便有意要考验一下人类，或者故意和人类开个玩笑——用什么手段刺激一下麻木不仁的人类呢？下一场坏雨吧！于是狂风大作，山呼海啸，整个森林发出怒吼，鹅蛋大的冰雹砸下来，躲藏在林间的动物吓得四处逃窜。白山人管下冰雹叫“下雹子”，这里的雹子个儿大实沉，像秤砣，曾经砸死过山中的采药人。有一年下大雹子，风卷残云，所到之处，遍布动物的尸体。还有一些大树被风连根拔起，壮烈地倒在林间空地。松树气质虽然不凡，但松枝谈不上十分柔韧，很容易在风中折断。断裂的松枝并不影响松树生长，松树仍然直上九霄。而且，松树全身都是宝：树身可以做栋梁、打家具、制造船只；松子可以榨松子油，加工松子零食；松花可以制造松花粉，是天然的养生保健品；最有趣的是松塔，像一座天然的微型艺术品，更像是神灵的专用道具，是童话的缩影；剩下的是松针，我有一位名声卓著的兄长，长期将松针当茶饮用，饮后神清气爽，还写出了煌煌百万巨著《你在高原》，获得了茅盾文学奖。

在旅途中，我们还在白山脚下走过一次狭窄的甬道，那是从集安到临江的一条路，原本开阔平坦，走着走着就钻进了玉米地，周围没有人影，路畔有几幢破旧的木屋子，从其低矮的尺寸分析，不像是给人居住的，倒像是流浪的动物们的避难所——我在想：人类已经达到拥有如此大爱的境界了吗？再往前走，路两边出现了簇簇灌木，路狭窄到令人窒息，仅仅够一辆车通过，不免让人胆战心惊：如果对面开过来一辆车，该如何是好？根本没有错车的空隙。好在这种让人担心的事情没有发生，而车子几乎是一点点下滑，迟疑不决地驶出了这段迷宫一般湿滑的道路。

刚走出甬道，一场白山松雨就来了——白山的雨洋洋洒洒，出现在幽静的屯子上空，落在一群过马路的白鹅身上，落在一片开花的土豆田上。白山的雨，把整个白山清洗了一遍。雨珠滚落地面，会制造出一片好看的气泡，里面跳跃着彩虹。有许多次，我设计了梦一样的场景：在白山的一场好雨中，我们变成了松鼠，躲进树穴中嗑食葵花子，四目对视，会心一笑。侧耳谛听，树穴外的雨声是何等美妙动听！

杜甫诗云：

好雨知时节，当春乃发生。
随风潜入夜，润物细无声。

终于，雨停风住，霞光漫天普照，空中多姿的云彩，有的像一条巨龙，有的像一团好看的锦缎，有的则像一尊菩萨，双手合十，静坐在白山之巅。

月光照亮蒲草丛

去白山之前，要提前好几天做出行的准备：给车子做保养，加满油，带上水壶、水果和火腿肠，以及雨伞、运动鞋、风油精和常用药。我们知道去白山的路很长，长过湖岸上的柳树梢，甚至长过一个春天。而进入五月后，各种植物刺鼻的气味从大地深处钻出来，熏得野獾都找不到回家的路。

去白山之前，我们必定要去的地方是位于郊区的净月潭，那里隐藏着一座人间桃源——在那里，我头一次见到堆积如山的大雪块，我们欢呼着朝大雪块奔跑，想去堆几个雪人。当时冬天刚过，我还穿着一件蓝色小棉袄，一不小心踩进了深深的雪窝里。积雪没过膝盖，我弄了好半天才挣脱出来，惊出一身冷汗。雪地上的干枝梅等多种干枯的植物真是漂亮，我们采了一大束带回家，放到青瓷瓶里，洒点水，眼瞅着这干枯的花枝又活了过来，有了生命。

当冰雪消融，湖岸上长满了柔韧的蒲草，青蛙早早地在蒲草丛中发出单调却又悦耳动听的叫声：咕呱！咕呱！拨开丛丛灌木，我们顺着青蛙的叫声寻找喇叭虫和鸟窝，很快就捉到满满一罐喇叭虫。东北的喇叭虫是黑色的，个头也大，似乎有两根胡须，暗示着东北大地的某种豪放与强悍。这和我的故乡鲁西平原上的喇叭虫有所区别。我在童年时代看到的喇叭虫出没于春天返青的麦田上空和白杨林中，颜色为褐色，或者接近咖啡色，把喇叭虫从蛐蛐罐里倒出来，就像一壶待煮的咖啡。那个年代看到的喇叭虫多半是捉来喂鸡，鸡吃了虫子会多下几个蛋，然后挺着骄傲的身子对主人炫耀。

听我祖父讲，早些年，村里人都是把喇叭虫烤了吃，小孩子吃得满嘴都是黑焦灰，成了“黑嘴子”。那应该是在更遥远的饥饿年代，我没赶上。而今天，我们在净月潭的蒲草丛里捉喇叭虫，没有任何功利性，只为一种发乎天然的童趣。童心始终像一弯新月，在心里萌动嫩芽，勾起愉快或者伤怀的往事，连接着故乡的土屋与水塘，连接着宅基地。我们捉了满满一罐虫子后，便到松林里去放生，看喇叭虫瞬间飞上林间晴空，心情瞬间大悦——自此多了一种体验：世上有一种东西被你认真地捉了，结果又无奈地放飞了。其实，全部人生不过如此。

直到今天，我的书房里和阳台上还挺立着几株灌木枝，上面静静地安睡着几个空空的鸟窝，它们来自净月潭的蒲草丛。鸟儿在春天孵化，大约一个月后出壳。嗷嗷待哺的鸟儿张开嘴巴，像一簇盛开的黄金花朵。无论是什么鸟类，雄鸟和雌鸟一旦做了父母，都会不辞辛苦地昼夜捉虫觅食，尽心尽责，宁愿自己忍受饥饿，也要把食物送进幼鸟嘴里——鸟类的整个哺育过程都是秘密进行的，不能走漏一丝风声。为了防止遭受天敌的袭击，它们把幼鸟的粪便吞到嘴里，衔到安全的地方扔掉。在净月湖畔的蒲草丛中，我发现了几个正在孵化中的鸟窝，其中一窝蛋是蓝色的，像我小时候玩过的蓝色琉璃球一样美丽。我小心地用一根草茎拨开鸟窝，用手机拍了张照片，惊叹大自然的造化，然后轻轻地离开。鸟蛋静静安睡的样子让人联想到岁月的美好，壳内正蠕动着一个个幼小的生灵，它们是大地的一部分，我真怕自己的鲁莽和好奇心惊扰了它们的睡眠，阻碍了它们对生的渴望。如果天空中没有了翔集的群鸟，整个世界必然味同嚼蜡。它们就像是一组上帝创造的“发报器”，源源不断地向人类传递吉祥的信息。我听说，人一旦接触到孵化中的鸟蛋，敏感的鸟妈嗅到陌生的气味后就会将这窝鸟蛋果断抛弃——它们对人类保持着高度的警觉。

“劝君莫打枝头鸟，子在巢中望母归。”唐代诗人白居易是最有情怀的大德，他写的七言绝句《鸟》，道出了对生灵深刻的悲悯。

鸟蛋孵化成功后，经过两个多月的精心饲养，幼鸟会长出翅膀，这时候鸟妈和鸟爸会耐心地教授幼鸟飞翔技能。它们会一次次地飞进飞出，不厌其烦地重复一个飞翔动作，让幼鸟进行模仿训练。它们示意并引领自己的孩子飞出巢穴，勇敢地迎接广阔的天空和大地，在暴风雨中歌唱，觅食悲欢。

从此，鸟儿飞远，带着各自的命运走散。而曾经一根草一根线如人类编织一件毛衣那样精心编织的鸟窝被废弃，变成空巢。这是鸟儿留给人类的一个小小哑谜。

一年一度春风至，蒲草丛被月光照亮。

弯路上的野花

有一次，我们无意中发现了净月潭外围的一条小路，那里被绿丛掩映，灌木茂长，篱笆墙和铁丝网上结满了紫藤，开着一种蓝色诗意的野花，像一朵朵蓝色的火焰。我们原本是去寻找一家蘑菇炖鸡店，那家店在当地有些名气，吸引着嗅觉灵敏的吃货，也吸引着我们。当我们进入这条灌木掩映的小路深处时，导航失灵，我们仿佛走进了一座童话迷宫。车开得很慢，至多20迈的速度。摇下车窗，我们看到路边的杂草高过人头，明亮的水塘像一面镜子，在阳光下反射着光芒。鸟声在耳畔啁啾，看不到一个人影。空气变得清凉可人，一股野薄荷的气味钻进鼻孔。

这样的地貌让我想起俄罗斯小说，想起蒲宁笔下的《露霞》中，那个纯朴的俄罗斯少女和男友在湖畔约会的情景："在黑黝黝的矮树林后面，仍然笼罩着一片淡绿的半明不暗的光，微弱地映在远方的湖面上。湖面如镜，苍苍茫茫，岸边披着露珠的花草树木发出强烈的芹菜味，看不见的蚊子秘密地好像有所询问地嗡嗡叫着。夜色奇异，在船的上面，在亮晶晶的水面上，无眠的蜻蜓飞来飞去，不时发出轻微的啪啪声，令人毛骨悚然。”

呵，玛露霞，那个穿着又宽又薄的大坎肩，有一头亚麻色的头发和灰眼珠的少女，似乎在眼前的这片灌木丛中隐藏。

再往前走，则出现了一幢幢木屋和土屋，屋顶上的烟囱被岁月熏黑——看样子，这里根本不是一个村屯，像森林中的野蘑菇，完全是自发的居住者留下的生活遗址。不知怎的，这让我联想起刀耕火种的远古人类，想到山顶洞人的山崖石穴。究竟是什么人在如此隐蔽的地方居住呢？出于好奇，我们下了车，走进一幢破败的土屋，但见糟朽的木门上贴着一个“福”字，早已被风雨洗白，门框被当年的主人抚摸得又黑又亮，门前的一侧还整齐地堆放着一堆木柴，还有从池塘边割来的红荆条。推门进屋，光线有些暗，映入眼帘的是一方火炕，火炕上安放着一个小木几，炕下是火盆，这是东北人的典型生活用品。朝南的一方窗口还被粗布帘遮掩，一扇窗棂断裂了，窗帘在微风中轻轻拂动。土墙上贴满了杨家埠的年画，画面上有几个人参似的胖娃娃。我发现窗台上有两只陀螺，说明这家有年幼的孩子。掀开炕席，还有纸叠的四角牌，一挂泛潮的鞭炮。灶火间在里屋，看上去狭窄而局促，一口黑黑的大铁锅已经锈迹斑斑，灶膛内还有没烧完的劈柴，乌油的锅台上放着一盒点不着的火柴。灶台上还放着一个棕釉罐，完好无损。我小心地掀开罐盖，见里面盛放着半罐食盐。

我取了一粒食盐放到嘴里，咸味顿时布满口腔。不知怎的，我的眼睛瞬间湿润了——这一粒盐，让我在瞬间返回远逝的童年，盐粒里隐藏着一个人的出生地，是故乡的全部滋味。

沿着湖边小路继续前行，走了一个多小时，终于走到出口，小路尽头是更多散落的屋舍、牲口棚和干柴堆，房屋大多是危房，有的露天没有屋顶，有的只剩下残破的土墙。在那里，我目睹了事物的破败景象：生锈的农具、压扁的草筐、潮湿的石磨、爬满蚂蚁的旧棉絮、挂在屋檐上的玉米穗、少了轱辘的木轮车，以及一串大小不一的钥匙。终于，在一家紧挨着树林的房子里，我们发现了秘密：乌黑油腻的土墙上挂着一把双筒猎枪，除此之外，这家人的火炕上铺着腐烂的皮毛褥子，炉灶前散落着一些动物的白骨。这是一户以狩猎为生的人家，看木门上贴着的吉祥字符，应该是鄂伦春人，或者是萨满。

站在一堆破败的废墟现场，我呆愣了很久，眼前幻化出这里曾经发生的一切，心想：这里真是一座世外桃源啊！每一户人家都是一个秘密。是什么原因让他们在一夜之间集体迁徙？如今，他们迁徙到了哪里？如果他们迁到了城市的高楼中，会习惯车水马龙的喧嚣吗？在这里长大的孩子们，会怀念他们曾经幽静的与世隔绝的旧家吗？这里的一切是多么缓慢！

我深知，飞逝的时光册上从来不记录琐碎的细节，人类的各种疼痛也多半会在日常的磨损中淡化与消亡，唯有这弯路上的野花，在一遍遍地以开放的姿势讲述过往，并且不厌其烦地记录着从空中落下的每一滴雨。

白山栅栏

怎样向你描述我住在白山脚下的临时住所呢？有时候语言是无力的，文字更是无力的，连对某个现场的真实还原都做不到——因此，我从不盲目听信另一个人对我滔滔不绝地讲述某一件事。

如果用一幅中国画将我的白山住所勾勒出来，大约是一幢简陋的砖瓦房，门前是一片稀疏的白桦树林，背景是远山云影——这曾经是一幢守林人的小屋，经过一番改造装修，成了专门为游人准备的出租屋。为了完成一部作品，我要在这里住上整整一个夏季。但是，我要说，这只不过是周围地貌的一小部分，连五分之一都达不到。中国画讲究简约意境，画外有画，可它永远也画不出身临其境的许多细节，比如头一晚住在这里，我被一只毒蚊子咬了，左胳膊上顿时起了一个大包，而且奇痒难受，我涂抹了从城里带来的风油精和药物，仍然不能消肿。我到屋后采了一棵野艾草，用厨房里的菜刀切碎，再盛到蒜臼子里用力捣成糊状，小心地涂到红肿处，过了半个钟点，竟然好了。打那一刻起，我就知道白山是个很“邪性”的地方，这里所有堪称神秘的现象不能按照常理判别。第二天，我遵照山里人的吩咐，采了一堆驱蚊草，在黄昏时分点燃，自此再也没有被蚊虫叮咬过。后来，我嫌每天采驱蚊草太麻烦了，就向山里人要了一些编好的驱蚊绳，点着后挂在门框上，效果一样——一根驱蚊绳可以静静地燃烧一个夜晚，它就像一个可靠的伙伴，在深夜明明灭灭地和我说话。

白天，森林安静得像一座古堡。枝叶被微风吹拂，发出轻轻的低语；蜀葵在溪水旁，结出一串花穗；野蜂在草丛中飞翔；屋后高大的古松下，有一个大大的蚂蚁窝，蚂蚁们正在日光下忙碌地搬运食物。每天早晨和黄昏，我沿着屋后的溪水散步，时常会与松鼠和野兔相遇，我们对视片刻，然后各自礼让地走开。极目远眺，巍峨的白山顶上正飘逸着一团变幻多姿的五彩云朵，阳光投下的金线布满林间空地和每一片在风中燃烧的树叶。

有一次，我遇到一只白狐，它先是在河的对岸一路小跑，似乎在追逐什么猎物，起初我还以为是一只流浪狗，但它优美的奔跑姿势比狗好看得多。它很快从独木桥上越过溪水，爬上土坡，然后一个箭步跃上了一堆被人废弃的木柴垛——这个木柴垛离我不过百余米。眼看着我与它的距离越来越近，我怕惊扰了它，只好暂时停下脚步远远地观察，并且有意侧着身子向一棵大树靠拢。后来，我躲到树身后面，这样方便观察和拍摄白狐的全貌。这只白狐太漂亮了，全身的皮毛简直一尘不染，眼睛像天使的眼睛，只是习惯性地眯成了一条线，像一弯勾魂的新月，让人产生幻觉。

我当时想，为什么这是一只独自活动的白狐呢？这么漂亮的动物不应该是孤独的，围绕着它的异性应该成群结队才是。我怀疑，动物界是不存在所谓“爱情”的，它们只分雌雄，只有交配与繁衍、发情季和休眠期。而且——大约也不分美丑吧！在它们眼里，既无英俊小生，亦无窈窕淑女，有的只是强悍与弱小，一切以王者为中心，这是自然界亘古不变的丛林法则。

一只鹰隼从松枝上飞来，大概瞄准了河岸上的山鸡。只听得空中响起一声尖叫，机警的白狐从木柴垛上飞也似的逃遁。从此，我再也没见过这只白狐，但又隐隐能感觉到它的存在，它的巢穴似乎就在附近。有好几次，我闻到空气中弥漫着一股白狐的气味，那气味不太好闻，但很快便被森林的气息稀释覆盖。

在森林里，顶好闻的是雨后湿地散发的气味。树木经过一场雨的泼打，很快发酵出馥郁的香气，松油夹杂着各种花草的香气，附近的河水也在雨后制造出比平时更好闻的气味。我提着一只篮子在松林里寻找从树上落下的松果和野果，还有空地上突然冒出的野葱和野蒜。揭开一丛鼓起的软土，露出一只香喷喷的白蘑菇，再往前搜寻，又发现一丛黑木耳或野生猴头。那么，整整一天的食物都有了。每当篮子被各种野味塞满的时候，我便忍不住喃喃自语："哦，大地是多么丰富、慷慨、奇妙！"

我把满满一篮子林中山珍拿到河边清洗干净，到厨房里收拾一下，从小冰柜里取出一块野猪肉，点燃木柴，把野味在灶前慢慢炖熟煨烂，让香气飘远，飘到河的对岸，炊烟在水面上飘散，在森林上空萦绕。饭做好以后，我把野味盛到碗里，端到河边一株躺倒的红松旁边，望着流动的河水，坐在树身上大肆饕餮，野葱蘸酱的味道招来一群游鱼，在脚下吐水泡泡。当晚，我写下这样的诗句：

早晨的微风掠过水面
及时向我传达生动的消息：
蜀葵花在昨晚开了几朵又萎了几朵
岸上的草长高了几寸又黄了几分
我们的木房子在林间空地
青藤自屋顶垂落到窗棂

你备好壁炉边的木柴准备过冬

墙上的钟嘀嗒作响

流着时间的蜜

每一秒都指向深邃的夜空

当然，在白山度过的那个夏天，也不全是浪漫和宁静的。比如：有一次，一只白色大鸟在深夜突然降临到我的窗前，它制造出的动静着实吓了我一跳。它有着长长的鸟喙、尖尖的利爪、古怪的叫声和一双能够刺穿黑暗、散发幽蓝荧光的眼睛，尤其骇人的是一双巨大的翅膀，张开来几乎遮住了整个窗户。

我对生物学的功课做得不够，至今叫不出它的名字。好在夏天很快过去了，我的林间写作也告一段落，很快收拾行装，离开了那幢诗意充盈的森林小屋。

第二年春天，我又来到白山，特意开车绕了好远一段路寻访故地。远远看去，那幢小屋子居然还在，只是屋子周围被一根根白栅栏圈住了，栅栏门上还落了一把铁锁，已经锈迹斑斑。

白桦树皮

“嘿，你做的白桦树皮灯罩收到了。”当快递员把包裹传递到我的手里时，我呆愣住了。对不起，从白山归来，便陷入日常忙碌，竟然忘记了我们的林间约定。当我打开包裹，心思瞬间被一种难以名状的喜悦占据——这只用白桦树皮制作的灯罩薄如白纸，更像透明的蝉翼，带有天然的纹理。白桦是俄罗斯的“国树”，是举世公认的“艺术之树”。这只灯罩太漂亮了，通体散发着树木的清香，让我的灵魂瞬间插上翅膀重返白山。我把灯罩摆在案头，仿佛感知到自然的空灵与神性——自然赋予白桦树皮生命和呼吸，同时它还沾染了你的灵性和你的气息，让我觉得你时时在我身边，注视着我的一举一动——我坐在书房里努力工作的情形，我冥思苦想发呆的面容。谁都无法想象，它的前身来自一种北方树木，那株与我卑微的名字有关的树种，经过你一双巧手的精心改造，演变成了沾满幸福味道的光束。

从此，我幽寂的书房里有了一盏橘黄色的小灯，它陪伴着一个人度过孤独落寞的夜晚，陪伴着屋檐的露水、墙角里的猫，以及蝙蝠、蜘蛛、蛐蛐和各种夜游的生物。眼前已是夏天，窗外又开始落雨了，阳台上从白山采来的松枝还泛着青绿，你送给我的登山木杖还沾着河滩卵石的水草屑。

在通往白山的路上，阳光浮动，天高地阔，溪水在路两边流淌，树叶在风中喧哗有声，水边摇曳着野花。微风拂面，把沉睡一冬的心情也吹醒了，我打开封闭多年的话匣，像打开一间鲁迅笔下的铁屋子，对你讲述我的困惑、我的内省、我的焦虑和不安，以及我对未来的一些不成熟的设想。在路上奔走了这么多年，航标灯依然在黑夜的心海照亮，北斗星在头顶、在滩涂与草原、在茂密的桦树林上空寂寞燃烧。

车轮滚动，碾过初夏时节起伏不定的柏油路。车轮像读秒器，一页页翻去，在读大地这部没完没了的天书：丛林、田野、山岳、河流、湖泊、微风和低矮的乡村农舍。每当经过一座屯子，我们都停下车，进行一番考察——我们看到老人在树荫下闲叙家常，一只黑狗在柳树身上撒尿，女人端着簸箕到场院里晾晒大豆，而男人们早早醒来，赶着牛车到黑土地上开始一天的劳作。白山脚下的一些屯子里，一些年轻人走了，到遥远的城里打工谋生，挣钱养家；另有一些年轻人读完大学后，却义无反顾地回到故乡，让双脚重新沾满白山的泥巴和麦草屑。有许多从异乡的城市落户到屯子的年轻人，在这里娶妻生子，成了白山永久的居民。这真是一个不可思议的现象。我采访了一位从南方小城来白山扎根的年轻人，他是在大学时代来白山的一次暑期旅行中与白山结缘的，可他万万没有料到的是，那次普通的旅行竟然改变了他下半生的命运——大学毕业后，他先是和同学一起到深圳待了两年，但很快厌倦了都市的喧嚣和快节奏的生活，于是他毅然决然地打点行装来到了白山。一晃五年多过去了，他成了白山脚下屯子里的村干部，并且娶了屯子里的“村花”为妻，生下一对龙凤胎儿女。采访时，我提了一大堆关于人类栖居的问题，这是德国哲学家海德格尔的研究课题，他常年居住在雪山之巅，花费了一生的时间思考生存与地理的关系。结果，这个年轻人用再简洁不过的两句话就把我打发了："白山空气好，水土好，在这里度过一生是值得的。"

好空气已经成了一个时代的稀缺资源，而原生的水土，是让一个地方葆有一世宁静和生生不息的前提。一切都没有那么复杂，选择适合个人的生存环境比你追我赶、失魂落魄的从众心态重要——说到这里，我不由得想起我从前的居住地，那个以工业增长速度著称的城市，长期以来，天空看不到清晰的星月，流淌两千年的河流枯竭，山林光秃，地下资源被掏空，村庄随时有塌陷的危险。而在城市的中心，高楼依然林立，遮挡住了日光，也让有些生命一天天发霉变质。

是的——我觉得在这个时代，我们迫切需要的，是真正有责任感的智者、思想者和科学思维精英分子，是持续的建设性和对自然法则的足够尊重，是能够经得起时光追究的内心秩序和接纳宇宙八面来风的开阔格局，而不是一场又一场的功利表演和言行不一的人格分裂和扭曲。

在白山茂密的白桦林中，我们忘情地陶醉于野生灌木和漫天飞舞的雪花中，仿佛置身于列维坦的名作《白桦丛》的画境：明亮的光线，茂密的草丛、清澈的溪流、美丽的白桦……我们搂住一棵高大光洁的白桦，与树身上的一双双眼睛对视，沉默良久。那一刻，我突然觉得那是一双双神灵的眼睛。在这片人迹罕至的白桦林中，我们发现了一株被风吹倒在地连根拔起的白桦，树身上有被松鼠咬啮的痕迹，有被暴风雪猛烈打击的痕迹。烈日吸走了它的水分和汁液，野兽曾经朝它身上泼洒污水，不知是哪一年的山火焚毁了它的根须，树干也开始糟烂腐朽。它死了，从植物学的角度而言，它已经没有了生命感知，没有了担忧和生之苦痛，但它的树皮依然光滑鲜亮，可以制作一百只灯罩。

你小心地把这一片片伟大的树皮取下来，放到一块蓝布头巾里。

会跑的人参

在整个白山，似乎什么都会跑：从早晨开始，太阳从天上跳到地面上，把整个森林抚摸了一遍、数落了一遍。野兔远远地看到林间有一个火球，以为是什么可以吃的东西，撒开出了名的飞毛腿可劲儿追赶，结果累得大汗淋漓也没有追上。太阳似乎有意捉弄这只傻乎乎的兔子，故意给追逐它的家伙制造错觉——它一会儿忽高忽低，在枝杈间跳跃，一眨眼跑到山顶上去了；一会儿又在兔子眼前晃动，近在咫尺，触手可及，但当野兔觉得就要一口咬到这个烫嘴的猎物时，天空却突然乌云密布，一场阵雨砸了下来，太阳躲到乌云背后吃吃地笑。

到了夜晚，最会跑的自然是月亮，跑累了就歇息半个多月，任谁召唤也不出窝。在白山，人人都知道月亮聪明又机智，一百只狡猾的狐狸也要弄不了一个月亮。狐狸冥思苦想，想出一千条计谋，但那点小算计会被月亮一眼看穿，所有的算计在月亮面前都是白扯。因此，人们给它取了个绰号叫“贼月亮”。只是白山人质朴实在，叫着叫着，就把月亮唤作“贼亮”了。白山人的勤劳是没得说的，他们早出晚归，无论在山中砍柴伐木，还是采集药草，当满山黑咕隆咚走夜路时，便格外需要“贼亮”出来照应一下，才不至于一脚踏空。这个不是说着玩儿的事情，几年前在白山，有城里玩跑车的纨绔子弟逞能炫富，愣是把车开到了山林禁地，一路狂奔，接连碾死了几只动物，野獾、野猫等。这时候，原本在山顶上小憩的一轮大月亮看不惯了，一下子将身子隐到云层里，这辆野蛮跑车恰好在以 180 迈的速度飞奔，在拐弯处，那驾车的纨绔子弟眼前一黑，车子就滚落到峡谷中了。好在月亮的心是柔软的，让一株老树在中途拦住了车子，漂亮昂贵的跑车被卡在了半山腰，受了伤的司机满脸是血，好歹捡回了一条小命，挨了一个重重的教训。自那以后，这个纨绔子弟告别了跑车，人变得木木讷讷，不再轻狂。

我知道，在白山人类没有任何秘密可言，除了敬畏与呵护，你不能做出半点越矩之事。如果因为一念之差做了坏事，报应很快就会来。如果你以欺骗手段获得了意外的好处，神灵就会让你在别的地方受损找补回来；如果你一时无力用物质偿还，神灵就会让你用折寿的方式赔付，这一招更厉害。

在白山，虎有虎的规矩，狼有狼的规矩，甚至连一只爬行在草丛里的天牛虫，都有自己的规矩。关于这一点，不但人尽皆知，整个山中的动物与植物都了如指掌。

规矩即天道定律，甚至连人与动物都具备的奔跑本领，也是有规矩有讲究的，大致分类如下：太阳和月亮是万物之神，它们想跑多远就跑多远，速度自行掌握，人类与其他动物不得干涉；东北虎力气大，但不能跑得太快，否则林中的弱小动物都让它们吃光了；松鼠和野兔可以有限度地快跑，想吃它们的天敌实在太多了；山鸡和鸟类不可类比，它们虽然都有翅膀，但飞翔能力很差，于是神灵让山鸡多了一项本领——食量很小，安于守静，无形中避开了天敌的进攻；狍子是最不受上天待见的动物，它们智力低，身体肥硕，奔跑总是跑一圈又折回来，恰巧落入追赶者的血盆大口，没办法，这是上天的安排。对人类来说，狍子肉并不好吃，吃起来有较重的土腥味。因此，你几乎在城里看不到专门开设的“狍子肉馆”。夏天簇拥街头的撸串大军，把能吃的活物几乎都拿来撸了个遍，可除了牛羊肉、五花猪肉、鸡心鸡架、海鲜生蚝等，依然没有发现烧烤炉上有傻狍子的一根毫毛，傻狍子幸运地躲过了被撸的命运。由此可见，这是上天有意给世上的傻狍子留了一条生路。

写到这里，我还要叙述一个在白山自古存在的个例，那就是有一种半是生物半是植物的精灵古怪——对了，这就是人参。我一直认为，人参是一种跨界的生物，单单从外形上看，它的确像一个小小的婴儿：拥有人类的身子，比例适当的腿、胳膊、手掌、毛发，甚至肚脐眼和生殖器。人们称其为“人参娃娃”，这称呼人参却不一定买账。

令人倍感神秘的是，人参居然拥有一颗和人类相似的头颅，尽管小了一点儿，但也足以让人类细思极恐了。有了脑袋的植物，还叫植物吗？至少是不纯了。植物一旦长了脑袋，意味着它具备了思考的能力——能够识别善恶美丑，知晓真假悲喜，可能目光比人类看人类更加犀利和准确。它能把人看到骨头里去，恰如诗人陈东东写的那句“把灯点到石头里去”。我相信，人参一定拥有这项上天赋予的高超绝技——把人类看到心脏里去，看到血管里去，把人类的虚伪瞬间打回原形，不给丝毫诡辩的机会。

尤其要命的是，作为一种植物，它会跑，像大自然中的“土行孙”，遇到贪婪或者居心叵测之徒，聪明的人参会眨眼之间溜掉，钻进土里或者石缝之中，消失得无影无踪。基于人参会逃跑，经验丰富的挖参人便学会了祈祷和默念咒语，用一根辟邪的红头绳将寻到的山参系牢，但据说这样的做法并非全都灵验。事实上，真正修行到家的通灵山参有缩身本领，能够挣脱绳索，哧溜一声遁入深土，把一根成团儿的红绳子独留地面，让挖参人呆愣半天，气得翻白眼。

那年夏季，我跟随一个老挖参人一起到山林里寻找人参，一连三天都一无所获。一路上，这个行为古怪的老头儿总是叮嘱我这也不能做那也不能说，仿佛整个森林是一只巨大的窃听器，搞得我忐忑不安，不知如何是好，原本是出于好奇来寻参“探险”，结果却是败兴和懊悔。

夜晚，我们坐在临时于河畔搭建的帐篷里吸烟，我陪老人默默地喝掉了一瓶东北老烧，还啃了两只卤猪蹄。老挖参人牙口不怎么好，只是就着一碟盐水煮花生喝酒。他的酒量真大，看似不动声色地抿了一口，其实杯底已空。

三天来，他一直比较沉默，喝了一斤烧酒后，终于打开了话匣，我这才发觉他原来有点轻微的结巴，只听得老挖参人说了一句意味深长的话——一路上，尽管他说话一直带脏字儿，但我似乎已经习惯了，他说：“老子挖了大半辈子野山参了，可挖到的都是参王的弃儿！真正上好的野山参不是给人类享用的，这辈子你也挖不到一棵——嗯嗯，我说这话你别不信，如果你挖到一棵百年老参，我就、就立马脱了裤子……”他长叹一声。我慌忙摆手制止。

“不过，也好。”接着话茬，他又进一步表述，“如果你不小心挖到一棵长了数百年的野山参，并且在市场上卖了个天价，但到最后这却未必是、是一桩好事儿。”

然后，他神色诡秘地向我讲述了某某挖参人的命运，听得我目瞪口呆，惊出了一身冷汗。

我稍加分析就知道，能够让他举例评说的挖参人，都是一些他刚出道时的队友，中途他们全靠挖参发了大财。如今，那些风光一时的队友全部夭亡，只剩下依旧贫穷的他还像三十年前那样穿着破旧的衣衫在山林里游荡。这与挖参的职业有什么必然的因果关系吗？说起来，这个现象神秘得有些不可思议。

河流：闪光的预言

开始

春天，我在森林里小住，夜晚听得见树叶在风中婆娑作响，花朵在河岸上大面积次第开放，浓郁的香气自对岸传来，穿透阁楼的木板，以猫的形状和速度爬进窗棂。接着，各种鸟鸣流水一样灌入耳中，它们掺和了月光的忧愁和丁香的苦涩。而透过沉沉帷幕，我看见一粒正在眨眼的绿色星子，它微弱的光芒、缓缓游移的步履，照耀着巍峨浮动的长白山脉。这时候是四月，山顶上的积雪还没有融化干净，白天里视野可见的轮廓被遮掩，整座山峰变成了一个完全黑暗的国度，这让我一次次地沉入不可遏制的构想。突然，一个闪光的念头跃入脑际：像一粒深埋地下的种子在瞬间爆裂，一个光荣而秘密的行动已经开始。

我在孤寂的房间里来回踱步，口中喃喃自语。窗帘拂动，初春的风是那么柔和，窗台上有一支冉冉上升的印度香——那是去年八月，西藏的一位禅宗大师送给我的礼物。他抚摸着我的头，用低沉的声音说：“孩子，你的前生，原本是佛门弟子。”这句话让我吃惊，刹那间眼前乱云飞渡，浮想联翩，前生的片段竟然奇迹般一幕幕呈现。那时候，我剃度为僧，面对墙壁，苦心修行，在经声佛号中度过干净的一生。

我知道，人人都想了解自己前世的出身，以及亲人、爱情、命运、遭遇、幸福与苦痛，但当我试图求解时，大师却拱手告辞，留给我一盒印度香和一串开了光的菩提佛珠，也留下了一个事关生死轮回的谜局。

自那以后，告别城市的想法就折磨着我——在时代轰轰烈烈的乡村开发中，我和伙伴们身居钢筋水泥混合的建筑樊笼，困兽般身不由己，无可奈何。我们的心从来都不属于这里，不属于这里的名利圈、各种酒局、话语场、势利眼、虚伪的颂辞、等级森严的人肉丛林和物欲。

日日夜夜，我听见伟大的河流在召唤。在春天，它以一滴水的融化方式信步走来。

观察

我承认，有些感觉被我牢牢抓住：人性的迷幻结构，森林的气息，人参的精灵住所，土豆的生长过程，以及长白山中的奇妙历险——在四月的最后一天，从长春去长白山的路上，我和同行的伙伴迷了路，一头钻进了漫无际涯的林区，一只硕大的白鹳稳稳地停在车顶上。夜已至深，我们停下车，与它相处了十几分钟，周围是呼啸的山岭，高大的树木，飘忽的光影……一丝恐惧瞬间攫住我们的神经。

最终，我们凭借经验走出了丛林，抵达二道白河镇，然后顺利进山。接连几天，我在山中游历，背着旅行包，带着数码相机和望远镜。每天，与原始的火山口、迷雾萦绕的天池、温泉的水、白桦的姿影相伴，品尝新鲜的蕨菜、野猪、鳜鱼和鹿肉，我以这样的方式，完成了对长白山一带自然与生态的解读。

也就是说，世界上有一些事物，是可以凭借经验、知识来作出判断的，无论如何，它们还没有跑出人类智慧和品位的篮子。

但当我一觉醒来，伸了个懒腰，看到融化的雪水自山川泻流而下，汇入河流，浩荡奔流，顿时有一种无奈的茫然涌上心头，我觉得对河流的感觉是抓不住的——是的，抓不住！好不容易打捞上一根水草，却变成游鱼从手中溜走。我在想：既然它有一个开始，那么它的源头在哪里呢？它溶入水中，可水又代表着什么？在它奔跑时，我试图追随而去，但我发觉自己根本没有能力撵上它，哪怕扯住它的一袂衣角。

像一个孤苦无助的孩子，我沿着野草生长的河岸漫步，观察它的流向，企图从中找到它的本质，但整整一天过去了，我一无所获。

印象

记忆中最温暖的河流，自然是在童年时代，它在我的故乡沙河镇，如果有名字，定然是叫沙河。印象最深的是夏天，与伙伴们在河边割草累了，到河里游泳，渴了喝河里的水，有一股浓重的土腥味，但我们会喝到肚子里泛起一丝甘甜，滋润舌尖与喉咙。河岸上有生长的庄稼和灌木，我还记得曾与伙伴们一道，网浅水里的小鱼，拔松土里生长的甜草根。

因为喝了河里的生水，自然也有浪漫的后续章节——这也是一条让我的童年长过蛔虫的河流，不由得频频向其膜拜致敬。

如今，由于众所周知的原因，故乡的河流已经不复存在，只剩下一片卵石。卵石堆中，有残破的贝壳、生锈的钓钩、腐烂的船只。若干年后，或许会有考古学家来到这里，考察一条河流的遗址。

最美的一条河，要属西藏林芝的尼洋河，这是我那年八月在西藏游历的一个亮点。这条河像一块蓝色的绸子，干净得让人屏住呼吸，找不到合适的语言表达。从始至终，它静静地流淌，伴随我们从林芝到拉萨，一路闪亮。

“一条比雪还干净的河流。”

尼洋河之上，是瓦蓝的天空，雪白的云朵。偶尔，河岸边会出现放牧的藏民，身穿布裙的妇女，脸蛋红红的孩子。木头的围栏，苔藓的绿野，石堆上的经幡，在河水的映照下生动耀眼，如同披了一身圣洁的灵光。

而眼下，长白山脚下的这条河流汹涌开阔，紧挨着陡峭的山峰，积雪在山顶碎裂之后发出巨大的声响，轰隆隆，轰隆隆，河流在遭遇冰块的撞击后迅速瓦解，顺势而下。

我看到水中滚动着无数巨大的漂木。

河岸

白天，我听到清晰的喊号声，声音悠长而嘹亮，像从山顶飘下一支歌谣。世世代代，那些山上的伐木工用辛苦的劳作换取活命的口粮，像一只蜘蛛。他们从高高的悬崖锯下成年的树木，然后借助水的能量，把木头运到山下。山下是一片锯木场，电锯在嘶鸣中工作，木头像西瓜一样被切开，带有松油脂味道的香气四散。木屋、帐篷、一列废弃的蒸汽机火车，讲述着一个远逝的年代。

养蜂人沿河而居，在河岸上升起炊烟，从河中汲水，洗涤衣物，布置蜂箱。周围的村庄居住着淳朴的渔民，他们凭借一条河的哺育，出生、成长，直至死亡。经过晒鱼场时，我问一位正在阳光下收拾渔网的渔民：“老乡，你的家就在这森林边上吗？”他说：“从我爷爷的爷爷……那一辈，我们家就在这里打鱼，到我这一辈，已经第十代了。”我惊讶于他精确的身份记忆，久久地望着他伸向空中的两个巴掌。

沿河而行，水声泼哧作响，白气蒸腾，身上和脸上的感觉都湿润而清爽。我看到工人撑着木筏，把一根根圆木打捞上岸，装载木头的卡车列队而行，卡车的影子消失于森林绿色的通道。铁皮房里，弥漫着油漆的气味，野花遍地，草莓已经落果。

——这就是我日思夜想的东北大地！

遥想当年，祖父带着年幼的父亲在长春谋生，尝遍人间悲酸与苦难。半个世纪过去了，每年春节家人团聚，父亲总是重复讲述久远的过往：扯着祖父的衣角，推着一辆货郎车在寒冷的北风中叫卖烤薯、甘蔗和散装的香烟。

长春，一座在风雪中瑟缩的旧城。

那天黄昏，当我入住长白山宾馆，从第十九层的窗口眺望朦胧笼罩的街头，我的眼前奇异地出现了幻觉：我看到两个步履蹒跚的背影，肩背口袋，走向熙熙攘攘的人流，而那个瘦弱黝黑的少年不经意间的回首一瞥，在我的心海激起了波澜。这是血脉的维系，命运的丝线可以追溯到久远的开端。

那一刻，我的心是忧伤的，也是疼痛的。因为，在父亲瘦弱的身影后面，那些在大街上洋洋得意的人是从伪满洲国皇宫里走出来的日本政客，以及手持长枪的宪兵老总和叼着大烟袋的妓院老鸨，红光满面，胡髭醒目，金牙闪亮。

一切都过去了，历史如粪土般一文不值，即便其中开出新生的花朵，又怎能奈何时光分毫？而父亲，那个给予我生命的人，他的行程已经结束，并且频繁出入我的梦境。

此刻，我活在二十一世纪的春天，脚踩一地从河流上空撒下的鸟鸣，在黄昏的河岸上自由徜徉。夕阳下的河流平静如镜，葛藤的枝蔓垂落在水中，一艘桦皮船从对岸的水汽中朝我驶来。

梦境

有许多次，我做了内容相似的怪梦，与河流有关。

在梦里，闪亮的河流从天而降，它翻滚的浪花淹没了我，我感觉身体像一枚树叶被席卷而去，顺水漂流。在整个过程中，我真切地感受到被水包裹的凉意，内心充满了快乐；我看到眼前美丽的游鱼和五彩缤纷的藻类，有太阳的光芒照射到水的底部，水中舞蹈的浮萍和大树的根须——那些根须红光闪烁，制造着奇幻景象。有一次，我与一条热带鱼一样婀娜的水蛇相遇，它吐着舌信向我游来，在交会的瞬间，它毫不客气地在我的肩头咬了一口，鲜血如注，我感到了火辣辣的疼痛，然后我醒来，抚摸肩膀，疼痛的余波还在持续。我呆呆地坐在床头，直到天色发白放亮，时令入冬，窗户上绣满了水汽制造的图案。

在梦里，水并没有屏障作用，我惊讶地从中穿行而过，而且可以保持呼吸的正常畅通。我拥有鱼类的灵敏，长着鳍的武器，对付敌人的锋利的刺矛，足以承受外力重磅打击的坚硬的骨头。我甚至感觉自己长出了翅膀，随时可以跃出水面飞翔。但不知怎的，我从未做过一次飞翔的尝试。有许多次，我在水深处泅游，两臂做桨向前轻盈划行，却听到头顶砰砰作响——我意识到是下雨了，奇怪的是雨并没有落到水里，而是落到了屋舍的顶棚上。

我的眼前呈现一个扑朔迷离的画面：乡村的天井，狭窄而诡异，老式的房子里摆放着一架弹花机，一位年迈的老妇人颤巍巍地在油灯下织布……凄苦的冷雨夹杂着冰雹从天而降，砖瓦上布满浓重的湿气和水雾——飘忽的喊叫，啼哭的婴儿，被烟火熏黑的锅灶，田野里游荡着残存的绿色火焰。

春天！那一望无际的黄昏的河岸！四周是金黄的油菜花和在风中起伏的稻田。我看见有人手持雨伞，迎迓着蒙蒙细雨的沐浴，在第一声冰凌爆裂的声音里开始孤独的远游。

长笛手

春天的河流拥有许多秘密，比如它与音乐的默契与融合关系。当音乐响起，整个森林都在颤抖，树叶是情人的嘴唇，终于开口说出一句话。而在这一刻，河流像一则上帝精心发布的预言，预卜大地即将诞生的事物：草木、花朵、马车和土豆。

最初的音乐洗礼，是约翰·施特劳斯，那个来自音乐故乡的奥地利人。我看过他的一幅画像：目光炯炯有神，留着一绺短而粗硬的胡须。这样的男人让女人看了会忍不住动心。据说他身材高大威武，像位骑士。是的，与贝多芬、巴赫或者肖邦不同，施特劳斯的作品不够阴晦，他的生命里充满了雄性和阳光，以及一往无前的激情与冲动。在他的音乐中，能听出“生活是美好的，自然是美好的，一切苦难都是可以战胜的”，所以，有悲观主义倾向的人纷纷远离了他。基于这一点，他的音乐在表现忧伤困苦方面显得少多了，就有了眼下众多发烧友说他“浅显”，说他没有很好地揭示人类感情的深层、隐秘或者人性。或许吧，我想。人终归要成长、成熟，一个时期有一个时期的需求，包括对音乐的需求，这很正常。然而，我之所以忘不掉施特劳斯却不是因为他那首最著名的《蓝色多瑙河》，而是他的另一首作品《春之声》。那时候，我正在县城读中学，是学校宣传队里一名蹩脚的长笛手，每天都要早早地起床，与那一管凉凉的金属接上一吻。

记得是一个月光晃眼春寒轻袭的晚上，我与一位吹长号的同学在学校阔大的操场上闲逛，我俩每人手里夹一根劣质香烟——我们已经开始偷偷地学习抽烟了。远处有明明灭灭的微火，大约是有人在焚烧冬天的干麦草。时值早春，空气中始终弥漫着一股好闻的气味。远处有说笑声，似乎还夹杂着鸟叫声。在这样一种氛围下，施特劳斯的《春之声》奇异地响起，先是溪水一样哗哗地流过来，然后是鸟儿一阵唧唧啾啾的啁啾：啊，春天来了，春天来了……我们一脸惊愕的样子，竟寻找半天而不知音乐的出处。直到今天仍不知道，事情从始至终都是朦朦胧胧，恍兮忽兮，十二分的美妙。当时，我的同学咕哝了一句"是施特劳斯"，就不再说话了。我也不再说话，静静地谛听着这似乎来自上苍的语言，一下子置身于一个万木复苏的节日里：大地上的积雪在消融，树林披上了淡淡的绿衣，一群天真活泼的儿童像开放的花朵，鲜嫩的笑声撒满春野，解冻的河流在林间流淌，那嘎嘎作响的声音，是冰排在河道里汹涌奔突、呐喊、撞击……那一刻，十四岁的我竟突然有了一种早恋的欲望，脑海里出现了许多奇奇怪怪的画面，印象最深的是森林里有一幢木头房子，房子外面是一个少女和一群雪白的鸽子。是的，一切都是那么干净和神圣，甚至柔软和缠绵。有人说，音乐和绘画，还有文学，都不需要什么教育，直接感受作品就行。而在那一夜，像施特劳斯预示春天与河流一样，我的生命很自觉地接受了最早的震撼与觉醒，启发了内心最敏感的部分，自此和周围的自然乃至大地上的一切，都发生了不可思议的联系。

灯盏

灯盏是从河岸上升起来的，穿越山顶，被风吹向夜空，飘飘摇摇，变成群星中的一颗。灯盏是有欲望的，它的欲望如岸上的熊熊篝火，照亮整个山川下的河流、水纹和浪花。

中午，表姐从长春赶来，提着一兜子水果来看望我，说房间里太冷了，就到院子里的花楸树下取了几块木柴，点燃了壁炉，房间里顿时被温暖布满。壁炉原本在春天来临之后就熄灭了，遇到雨天，凉意便从地板的缝隙里冒出来，让我每天入睡前都将身体蜷缩在被子里，咳嗽，叹息，然后逼迫自己进入梦乡。

整整一个下午，我和表姐围坐在壁炉前，回忆往事，闲话家常，那些远逝的过往像一桶被窖藏的葡萄美酒，一经开启，就散发出浓郁的醇香。我们从祖辈谈起，谈山东与东北地域的渊源，谈几十年前表姨带着年幼的她去山东的一路见闻。当时她只有八岁，与表姨乘坐了五天五夜的慢火车，途经十几个城市，才到达我的故乡沙河镇。那是我童年时代一桩难忘的幸福事件：家里来“戚”了，是那种父辈们常念叨但却从来不见人影的亲人。多年过去，表姐仍然记得在沙河镇上吃过的美食“瓜嗒”，如今，它成了江北水城聊城的名吃之一，名扬四海，食客满天。表姐还记得镇上有一座宋代古塔，我们曾在铁塔下交换各自的玩具——子弹壳和羊拐。遗憾的是，作为千年文化的见证，古塔已经不复存在，它同样毁于那场史无前例的浩劫中。不久前，从故乡传来一个消息，古塔将复制重建，但我听后摇了摇头，没有什么兴趣。

就这样，整整一个下午，我们在回忆的隧道中穿行，里面翻卷着永远消失的画面。记得普鲁斯特曾经说过，“人是活在记忆中的”——通过回忆，我和表姐仿佛又重活了一次，那些生动的旧日子，那些贫穷中的甜蜜温馨，都像乡村阳光下的池塘，躲在篱笆和灌木的阴影里，那里埋藏着童年的全部秘密。

后来，我们终于谈到灯盏，我告诉表姐，我是一个灯盏收藏者，在我的书房里，有马灯、罩子灯、煤油灯和各种陈年灯具，我近乎迷恋地收藏旧物，每天看着它们读书、写作和胡思乱想，感觉内心踏实，似乎时光之鸟没有远走高飞。我对表姐说，我收藏了许多灯盏，但有一种灯具却无法收藏，那就是在故乡人们用纸糊的一种灯，它可以借助煤油燃烧的能量升上夜空，多年之后，我才知道它叫“孔明灯”。我无法向人表述它带给我多少甜蜜的回忆，在贫穷荒凉的年代，它是孩子们欢乐和遐想的起搏器。当我说完，令我意想不到的事情发生了，表姐说河岸上就有专门放“孔明灯”的，我们去放吧。面对这突如其来的天意安排，我愣怔半天。

黄昏，我们来到河岸，在哗哗的水声里，果然看到河岸上有一对中年男女在销售孔明灯，只不过这种作坊制作出来的孔明灯已经大为改观，属于环保型的灯具，不必担心它升上夜空后会有什么后果，因为固体的燃料会在空中消耗干净。而在童年放飞的那种灯，孩子们是要狂追而去，直至看到它从天空落下——不管怎样，我们许了愿，放飞了两盏孔明灯。望着冉冉升起的光束，我的头一阵晕眩，零星的雨滴飘落下来，砸到河里；而大红的灯盏，掠过树梢和山脉，扶摇上升……

第二辑　大地霜花

泥巴之歌

从藕塘里挖出一块泥的快乐是无可比拟的，我有过如下体验：在灌木丛里折一根断枝，到藕塘的冻结处写字，美其名曰练习书画。自是随意涂鸦，写出什么字要看当时的心境。我曾偷偷地写下过暗恋女生的名字，旁边画了个扎羊角辫子的女生，长睫毛，大眼睛，有一对可爱且粉嫩的耳朵，最突出的当数白脖颈，看一眼就会把她与高贵的天鹅联系在一起。画完，在夕阳下呆立很久，脸上发烧像一块红布，生怕被人发觉，慌忙胡乱涂掉。当然，俱往矣，这永恒的秘密属于一个肩膀上挎书包的少年，背景是放学回家的路上。抬眼望去，夕阳好大。

近处的景观，则是校园外黝黑的田地，有几种树正欲萌芽抽叶，竹篱笆下还有未化的积雪。这荷塘周围太萧条了。有几次，我写下几个“好”字，加上女生的名字，舍不得扔，蹲下身捣鼓半天，将一块泥整个挖了出来，捧在手里带回家去，放到窗台上风干，像南方人风干一块腊肉。当时春寒料峭，我托着泥巴的双手被风吹着，冻得通红，路人见了皆乜斜着眼睛。有个老者操一口浓重的鲁西方言问：“小孩，捧着个啥玩意儿？”我笑而不答，哧溜一下猫腰溜走。

当时，我们家刚刚从故乡沙河镇搬迁到父亲的工作所在地，一座名叫茌平的县城。县城里房子不好租，主要是房租昂贵，父亲绞尽脑汁，想出一个权宜之计，决定到位于城郊的魏庄村暂住两年，待条件允许，再迁进城里。父亲和魏庄的村支书是朋友，他们经常一起召开全县三级干部大会。支书说在魏庄吃蔬菜不用花钱，父亲听了心花怒放。家安在魏庄后，麻烦却一个接一个地来临，先是我们兄妹几个上学遇到问题——魏庄没有中学，读中学要到邻村的郭高去读，要走好远一段路，还要涉过一道冰河，冰河旁边有芦苇荡和养藕塘。

魏庄只有一所小学，院落宽敞，且与当时的知青点搭伙一处——魏庄的文艺宣传队也在小学进行排练，有个盲人，一脸悲壮，把二胡拉得凄惨，弄得校园里二胡声声的。我们家刚搬来，听到的第一件事是宣传队不久前出了桃色新闻，村里处分了宣传队长和几个载歌载舞的男女当事人。一度，他们是村子里很拽的角色。

我当时听了，似懂非懂，只感觉备受刺激，喜忧参半，晚上回味一番，结果搞得心跳加速，需要隔着窗棂子数星星才能入睡。隆冬的深夜，猫在叫春，更是让人平添几分惆怅。我哪里会意识到，人生的一个新阶段已经悄然在体内起航，那个东西的学名叫青春期。如今回忆起来，那个时期最折磨人的是懵懂与惧怕，不知世间情为何物也就罢了，要命的是不知哪些东西该碰哪些东西不能碰。

其实，现在想来，我的青春期应该是从郭高中学开始的：有一次，我正在认真听课，突然感觉前排某女生的长脖颈好看，放大了似的画面特写若浮雕。自此，我上课常开小差，分析其脖颈皮肤的细腻与白皙程度、发辫油亮程度、娇声嗲气程度、身上雪花膏味道的清香程度，等等。夏至，热风习习，人人换了单衣，课间如法炮制，却兀自发现那葱白般的脖颈下方有一大大黑痣，令人陡然一震，心生惊悚，顿时惊出一身冷汗。

早从算命先生那里耳闻此处有痣不吉，乃苦情痣，这还了得！自此断了欲念，无奈被迫安心听课，一段短暂的暗恋史也随即宣告流产。放学回家，我把卧室门关严，仰躺在床上独自伤感，大黑痣的影子总在眼前晃来晃去。沮丧之余，我忍不住朝床腿狠狠踢了一脚。当然，疼的是自己，波及脚趾和跟腱。

话说这春天的少年之所以伤心至此，盖因女生是那块黄泥故事的主人公。记得时隔不久，我无意中从床下发现了那块早已风干的泥巴，上面还有歪扭的字“田草”——是那女生的名字，至今感觉好听，不过时，有点电影明星的文艺味道。遗憾的是，打开窗户，我不假思索地把那块泥巴扔了出去，动作轻盈却意义重大。这块泥巴如果保留至今，其价值应该胜过黄金！若是我不将此事写出，任谁都不会想到，一块泥巴，居然粘连着一段儿女情长。故事的起因是三个字：得不到。而破坏这故事走向任何一种可能的，却是一个莫名其妙的缘由，以至在我心头纠结至今。我成年后略通一点相术，也才知道“苦情痣”是颗好痣。

当下，人们远离了泥巴，却丢掉了许多牵肠挂肚的东西，丢了灵魂，活得没心没肺。

如今想来，我家乡的泥巴真是好！是地道的胶泥，可以做哨子，可以捏泥人儿，也可以烧制成青砖。在城市的笼子里生活多年，我偶尔会作如是假想：寻春末的细雨天，披上件蓑衣，到郊外水沟里捉鱼捕虾，折腾整整一个上午，爬上来时兴许两手空空，但只要全身沾满泥巴，就是很惬意的收获。

原来的样子

过了三月，风婆婆持一把剪刀，三下五除二地就让大地改变了面貌。她让河流苏醒，森林歌唱，转眼间雪化了，树叶绿了。风婆婆是天地间最辛劳的园丁。这很像一则童话的开头，美好得一塌糊涂。而真实的人间日子，却往往有另外的剧本结构。

一天夜半，我被一阵怪声吵醒，急忙从小卧室披衣而起，顺手到门后抄起从崂山脚下买的树根拐杖，搜寻半天，发现是阳台的窗户被风吹开了，这才松了口气。怪声是从一只白色塑料袋里发出的，那里挂着一只冻鸡。起初，我以为冻鸡活了，念头一闪，果断否定。我把装有冻鸡的塑料袋系紧，关上窗户，返回小卧室。声音消失了，我却再难入眠，倒在床上胡乱翻书。我知道春姑娘还未睡醒，风已开始忙碌着为其做嫁衣。

春节，携家眷回老家县城陪老母亲过年。其实，年味已经很淡了。春节结束返程时，母亲从家中追出来，我的车子刚刚发动，正准备松离合器。母亲提着一只塑料袋，说："节前你二舅从乡下送来只笨鸡，我早不吃肉了，你们带上吧。”我虽面露难色，知道拒绝无用，只好给车熄火，打开后备厢，把冻鸡放上——这就有了开头的一幕。

车后备厢里早已装满带有故乡色彩的东西，包括一把不施农药的韭菜、几棵茴香苗，说是对身体好。母亲不知道，吃一次两次绿色蔬菜对身体起不了多少作用。其实，我只对一样东西感兴趣，就是小时候吃过的枣花糕，上面有好看的图案，带回家能吃一个星期。人的味蕾有顽固的记忆，餐桌上，我每每都被一股枣香味勾引，感觉故乡的水汉子又浮现在眼前。

父亲死后，母亲成了孤家寡人，独自住在一个三套间里，好在身体不错，年近八十岁了还能骑单车到市场买菜。较之当下许多孤寡老人，母亲的晚境不算凄凉，毕竟有四个儿女侍奉着她的生活。母亲说：“最难受的是没人唠嗑。”——无人说话，有人聊天成了母亲晚年的最大需求，而做儿女的，往往体会不到这一层，以为人老了有吃有喝，就等着上帝来收拾残局，还需要这么多的倾诉做甚。有趣的是，母亲与人说话时常记不住内容，说过的话第二天就忘了，说完就完，随手扔进了风里。这让说话这件事丧失了哪怕是一点实际的意义，甚至不能实现头一天的践约，“——哟，我说那话了吗？我咋不记得。”经过提示，记忆复活，这让她本人颇觉尴尬。

我建议她准备一个小本本放在门后鞋柜上，一、二、三地写下每天要做的事情。一天结束后，给每一桩完成的事项打钩，完不成的事项明天继续做。这个建议得到了母亲的积极响应，她夸我聪明，夸得我脸发烧。她早年是语文教师出身，而且写一手漂亮的粉笔字，做这件事应该简单。但母亲又随口说出一句话，让我伤感备至，她说：“就怕是过些年，老得连这小本本都忘记了。”

这让我仿佛看到自己的晚景。我不敢往深处细想——有些事情一旦深想，会患上抑郁症，会悲叹，会绝望。

父亲去世后，我几乎每天都和母亲通一个电话，从电话里就能听出她日渐衰老了，似乎是每天都老一点儿。母亲表述最多的一个记忆画面是：“那时候我每天给你们做饭，我们一家人围坐在饭桌前七嘴八舌，你爸爸爱喝两盅……”

“好啦，打住——”不等说完，我急忙打断她，近乎粗暴。我甚至大声说，“妈呀，人不可能回到从前，如果到今天一家人还没变化，那有多麻烦！啧啧，你想啊，假若我们都不会长大，至今啃老，你能受得了吗？！”电话那端，片刻沉默，我能听到一个老人内心空洞的回声。

母亲描述的情景，已经过去二十多年，画面很温暖，但过于眷恋只会伤心，对健康不利。时光的轮子昼夜滚动，不能停留。河道里的风一年年地吹，今年的风已经不是去年的风，风吹跑了原来的样子。人只能随遇而安，一茬茬地活，最后完成被收割的过程。即便记忆，也不能完成对时间定格，因为记忆会变形走样。世上能定格时光的只能是另一种物质的存在。比如旧照片，挂在墙上验明什么叫物是人非；比如残破的陶罐，被人从泥土里挖出来，张着黑洞洞的嘴巴，试图讲述原来的生活。

包着红头巾的小白杨

除了上学路上的养藕塘，我一直对郭高中学保留着温馨鲜活的记忆：通往校园的土路是宽阔明亮的，路两边有两排高大光溜的白杨树——踏上鲁西平原，无论在原野还是河岸上，它是视野率先触及的独特景观。夜晚，密集的繁星在树梢上跳跃闪烁。

春天来临，白杨树的圆形叶子被风吹得哗哗作响，随之摇落一地毛毛虫似的杨树芒。放学时捡回家，可以挂上面糊蒸食或煎炸，味道和榆钱、艾团叶子、扫帚菜、马齿苋属于同一谱系。当时，我们家寄居县城郊区的魏庄，只有在过节或偶尔改善生活时才能吃到冬瓜炖肉、大米饭和白面馒头。我把杨树芒拿回家以后，母亲特意到集市上买了一条五花肉，酥了一锅海带，又把杨树芒用开水一焯，拌上蒜泥，全家人狠狠地饕餮了一回。这是我少年时代吃得最香的一顿美味。

春天最早的杨树芒很快被全校百余名同学争相捡拾殆尽，有人还爬到树上去采。我很羡慕那些会爬树的同学。待春深时分，杨树芒就老得不能吃了，我们只能眼巴巴望着它们从树身上滚落下来，在路畔的沟里堆积成团，像一窝黑色小动物。一天，有个爱搞恶作剧名叫王新军的同学悄悄对我说，白杨树的叶子也是可以吃的，他们家常吃。起初我并不相信，因为前所未闻。我还怀疑他是在捉弄我，但终是忍不住诱惑，就在放学后佯装赶作业，等回魏庄的同伴们全部走光后，自己悄悄摸到校舍的后院。暮色已经笼罩四周。我知道那里新栽了一片小白杨树，钻进茂密的小白杨林，不必爬树就能采下嫩绿的叶片。月亮升上空中，成千上万的小白杨叶闪闪发光，像是沾满了露水。在采摘叶片的过程中，我的前额和眼睛不时被叶子遮挡触碰，植物的苦涩气息如此沁人心脾。采了满满一大袋子白杨树叶，我心满意足了，知道天太晚母亲会牵挂，便急忙一个人摸黑回家。路过养藕塘时，我听到沼泽里有唧唧咕咕的声音，从书包里掏出手电筒一照，发现是两只刺猬。它们原本正在拱地皮，光柱一打过来就不动了，其中一只机灵些，瞪起黑溜溜的小眼睛诧异地朝光柱射来的方向瞅，模样憨态可掬。我笑了笑，关了电源，眼前顿时一片漆黑。我就这么摸着黑走回了家。母亲刚刚从我的同学家回来，她是去打听我的下落，好在同学没有向她传达令人不安的消息，说他回来时看到我正在赶作业，这让母亲放了心。餐桌前的油灯燃烧着，一家人正围坐在一起就着腌萝卜条啃红薯、喝玉米糊糊。害怕被母亲数落，我急忙把那一袋子嫩绿的白杨树叶倾倒出来，说这东西如何好吃，还提供了具体烹饪方法。听说杨树叶能吃，一家人都感觉很奇怪。母亲说：快吃饭吧，如果你爸爸今天回来了，你就得挨训了。

在那个年代，多数人家中的唯一电器就是手电筒，条件好些的，也至多有台收音机，摆在桌上当宝贝，上面还盖一块老粗布。我父亲是县委办公室的干部，唯一的优越是比别人的手腕上多了一块机械手表，这说明他的时间比一般人金贵。他整天在单位忙碌，到了周末才回家。当时，他严肃刻板，很不好玩。奇怪的是，到了晚年，我发现他也幽默，酒桌上语言丰富滔滔不绝，说起陈年旧事来如数家珍，但父子之间的情感格局早已铸就，对他的言论我已经不能买账，偶尔还心下不屑。一切都晚了，时过境迁，无论多么高深的言论都已经不具可操作性。我从不当面反驳他，只是点头附和，对其忠心耿耿的一生表示足够的尊重。

在郭高中学读书的四年时光，为数不多的快乐都是自发性的，懵懂地陶醉于一片臆造的乐园，包括玩泥巴式的暗恋和偷采白杨树叶的喜悦。此后，我又无数次地去过校园后的那片小白杨林。印象中有一次是夏天的中午，同学们都躺在书桌上午休小寐，我悄悄地捅醒了一位男同学，神色诡秘地约他到小白杨林里玩，我们两个人在那里吃了一听黄桃罐头。当时觉得罐头是世上最好吃的东西，一年里也吃不上两回。正午日头毒辣，周围响着蝉鸣，花草之上有蝴蝶和蜜蜂低飞，小白杨林里却很风凉。至于那一袋小白杨叶的故事结局如何，当我写这篇文字时，沿着记忆的小径一路走去，却没有翻检到任何踪影，不会骗人的舌尖，似乎也没有收藏其或苦或涩的味道。我甚至怀疑，它们被母亲随手丢置在厨房后遗忘了，时间一久，变成了一堆枯叶，结果只能是填灶膛。那么，这小白杨树叶究竟能不能吃？查阅百度，赫然有答案，曰：“杨叶有两种吃法：一是洗净后放上点盐直接上锅蒸，有一种涩涩的香味；一是洗净后放上豆面拌匀，上锅蒸，这种杨叶一出锅，满屋飘香，百吃不厌。”

多年之后，当我读到苏联作家艾特玛托夫的小说《我的包着红头巾的小白杨》时，会不由自主地想起郭高中学里的一切美好过往，顿时感觉一阵清风扑面，双眸前有溪沟里的水潺潺闪亮。

年轮的唱片

有那么多鲜活的日子都已被虚妄地消耗掉，恰如这么多的诺言在风中飘散，随积雪融化，不留痕迹。然而，在为生计奔波劳碌的空隙，当无聊的小虫子寂寞地咬啮漫漫长夜之时，有一支摇曳的烛火，从生命内部的温柔部分冉冉升起。比如，郭高中学雨后光洁明亮的篮球场，冬天里泛着寒霜的白菜地、青草垛，以及校园外的乡村大路，暮色里收工的老牛车，车厢里装载的褐色的黄豆秸或火红的高粱穗。

有一年，鲁西平原遭受了一场特大暴风雪，许多房子和牲口棚被毁，校园内那株粗壮的老槐树也被连根拔起，树身歪斜着。老槐树像一位武士轰然倒地，散发着浓郁的树脂气味，古槐的气味说不出好坏，古怪而醇厚，腥气很大，能把人的鼻子呛歪。郭高村的两个木匠及时赶到，用了整整一个上午的时间，蹲在那儿喀哧喀哧地锯木头，先后坏了三根锯条，钢锯在树身上打滑，冒火星子，但就是不肯深入。农管会一位名叫“三算”的老者赶来，围绕树身端详，用鼻子嗅了嗅，提醒说，大树有灵，需要祭奠一下才能破开树身，否则会有灾祸。一句话吓坏了两个急赤白脸的木匠，他们慌得停止了手里的动作，其中一个木匠跳了起来，仿佛害怕大树里会钻出妖魔。

那天，我和数名同学有幸目睹了一场庄重的乡村风俗仪式：老者手端一碗酒，口中念念有词，把酒洒在树身上，点着三炷香，对着老树拜了拜，又把一道黄纸符烧掉，仪式宣告结束。老者说：开锯吧。木匠们一锯下去，竟然畅通无阻，下锯很快，看样子神灵满足人类的要求并不困难。这很奇怪，至今让我不解。不一会儿，大树被锯成了几截，村里的马车夫早已等候在那里，准备把树段拉走。这时候，老者却蹲下身数年轮，良久，朝空中伸出一个巴掌，嘟哝道："整一百年。"又感慨，"这棵树可做我的爷爷了。"言罢，老者又把棉帽子摘下来，向大树深鞠一躬，惹得众人哈哈大笑。老者却把脚一跺："小孩子们，笑啥？树里装着你老爷爷的魂哩！"

想来，老者"三算"应该是我最早接触到的乡村"士大夫"，准确点的叫法是村子里的"明白人"，他因识大体懂礼数而受到村人的拥戴。在鲁西平原，这类人物几乎每个村子都有一位——不多不少，就一位。他们未必识得多少汉字，时有粗口，但通晓古今、天文地理，熟悉节气、风水八卦，知道哪一天是良辰吉日，并且懂婚丧嫁娶的规矩。乡下能有什么大事呢？除了收获庄稼蔬菜，就是这些婆婆妈妈的事。当时我年纪小，对世间的种种规矩有排斥情绪，成年后才渐渐明白，这规矩那规矩，其实就是文明社会倡导的所谓文化、所谓约定俗成。有了文化，人类的精神才有了依傍。在物质日渐富裕的当下，生活里还缺少什么？最缺少的就是对历史和土地怀有敬畏感的人，他们懂得时光的悠远和天地的辽阔，明了人类肉眼看到的事物不是全部。

记得那晚回家，回味着白天里发生的一切，其中的细节令人百思不解：树是如何知道这一年的四季轮回的呢？是谁让它记下每一个风风雨雨的日子？年轮多像一张唱片，悄悄刻录下时光的秘密，它究竟想唱出什么样的曲调？时至今日，人类科技已经貌似发达，却仍然不能将这唱片播放。

这年春节，在茌平县城此起彼伏的鞭炮声中，我又想起哺育自己成长的郭高中学。它距我很近，往事历历，仿佛伸手就能触摸。突然，脑中闪过一个念头：到久违的母校去看看。当时，我在大姐家住了一晚，早餐桌上，念头一起，便向她打听学校的现状。大姐听了先是愣怔，似乎是在搜寻记忆，然后说："嗨，早没有了。"我吃了一惊："嗯？"大姐说："这学校早解散了，郭高村也没有了，如今那里都是清一色的厂房。"

我于心不甘，匆匆吃了几个韭菜馅饺子，由大姐引领着，开车前往郭高村，准确地说，是郭高村的遗址。穿越城区逶迤向北，呈现在眼前的是一片铝业基地，烟雾缭绕。大姐说，这是几年前县里上马的重点项目，正是这个工程摘了贫困县的帽子，故乡才富裕起来。

去郭高村之前，大姐给一个朋友打了电话，大姐叫她刘姐，说她就住在那儿。没想到一见面，我也认识。原来刘姐是魏庄人，成年后嫁到了郭高村。令我惊讶的是，刘姐家的院墙外，居然有一座高大的蒸汽塔，哧哧地冒着白气，嗡嗡的噪音明显，坐在房间里都能听清楚。刘姐说她家算好的，村子里有几户人家，是把蒸汽塔建在了院子里。

说到我的母校郭高中学，刘姐带我出了家门，朝一处二层楼似的建筑物一指，说：那儿就是。刘姐语调平淡、表情漠然——不知道是做啥用的，好像是铝厂的小库房，堆放些旧设备和杂物，平时很少有人来。

尽管此前我早有心理准备，但当双脚站在郭高中学的旧址前时，内心仍然被一种超强的破碎感击中，面对残破的时光废墟，我张着嘴巴，却说不出一句话。

归去的路上，我嗟叹不已。

下野地

遥远岁月里的鲁西平原，到处是纵横交织的河汊，田野上蛛网密布的光线，夏天的土路上清晰地留下了蛇爬行过的痕迹，紧接着是一场雷雨。高粱林立、水草遍生的土地之上，喂养着各种叫不出名字的生灵，人走其间，一不小心就会撞上它们。那一刻，人与动物四目相接，双方皆怦然心动，不知如何应对，多半是相互注视，良久后各自走掉。黄昏，人们踏着遍地翻滚的炊烟回家，摆放着简陋食物的餐桌上就会多出一个话题："今天，在田里遇到黄鼠狼了，它嘴里叼着根烟呢，咔咔地咳嗽，盯着俺看了半天。"或者说："今天，遇到了一只秃尾巴大鸟，差点让俺用草帽扣住，结果一失手，飞了。"

显然，大凡在田间野地遇到灵物的人，回来都会把事情的真相加工一番，添油加醋，弄得神秘兮兮、真假难辨。

多年之后我才明白，那时，聪明的故乡人就已经掌握了独特的宣传技能，过分的夸张虽有吹嘘之嫌，但却是引起广泛关注的重要手段，可以说，那就是广告的雏形。

镇上曾有一个捕灵高手，是个终身未娶的老光棍汉，他身材高大，走路时爱自言自语，一年四季只穿一件破旧的粗布长衫，好像到死也没有换过。每当他步态从容地从街头走过，眼睛里都会投射出哲学家的忧郁光芒。他的身后，始终撒播出一种古怪神秘的气息；而他的头顶上方，有一群昆虫翩翩飞舞；他嘴里嘟哝的话，没有人能听懂，有人说，那是他专门给鸟创造出的一种语言。

据传，他专门在夜间捕捉种种野物，手里时常拎着一条布袋，要么是一张渔网。夜深人静，他顶着一头秋天寒露，借着星光潜伏进薄雾铺地的荒野，一蹲就是一整夜。第二天凌晨，他总是会背着鼓胀的行囊回家，不用说，他已经满载而归。天还没亮，四周还是一片漆黑，人们从未看到过他在出太阳后回家，也许是他有自己的讲究，无论捕捉多少活物，都要赶在天亮前返回。

他缓步推开木门，立即会有动物们的声音叽叽喳喳地灌满耳朵，夹杂着动物粪便的气味、灶火的气味、被烟草熏过的土炕的气味，也许还有土房子的窗台上那双布鞋散发出的气味。正是这些简朴的气息，构成了乡村生活最基本的底色，是人类精神世界里最初的原料。

最神秘的去处是后院，那里是这个老家伙拿性命来捍卫的禁地，高高的院墙，养着几条凶恶的狼狗，据说还有两只狼。如果从外面观察，只能看到后院里长着几十株高大的榆树，树枝上的鸟窝越筑越大，还能听到各种动物混杂一片的叫声。总之，镇上的孩子们谁也没有涉足过他的后院，那里究竟饲养着哪些稀罕的动物，没有人能够说清。冬天的时候，老光棍汉会提着一只鸟笼子出现在街头，与众多在街上晒太阳的男人一起聊天。他语速缓慢，时常沉默，无法与众人和谐交流。他笼子里活蹦乱跳的鸟，既不是鹌鹑，也不是画眉，而是一只谁也叫不上名字的生灵。人们问：“这是什么鸟？”

老家伙说：“是‘下野’。”

这个鸟名人们从来没听说过。可老家伙是怎么知道的呢？乡人也不去追究，大概是为了掩饰无知。当时还是孩童的我，置身于现场，对人们的议论听得清清楚楚，记忆深刻。多年之后，我也始终不知道“下野”为何物，属于哪一物种的鸟类。我时常想，总不会是老家伙随口叫的吧？

八岁那年冬天，我离开故乡到城里读书，隔了三年多才回故乡一趟。对于这个神秘老光棍的境况，我知之甚少，只听外婆说他终于疯癫了，成了个像木桩一样安静的疯子，从不伤害或辱骂乡人，因此还是很受乡亲们欢迎的。可惜的是，他把后院养了多年的野物，在夜间驱逐到野地里全部放生了。那个夜晚，有人看到他驱赶着一群黑压压的怪物。它们呜里哇啦地在街上列队涌动，朝镇外的荒地走去，似乎认得来时的方向。

不知怎的，最近我时常想起这个故乡小镇上的神秘人物，我知道他已经在人间消失多年，据说他拥有罕见的长寿，活了九十多岁，而且死得安详平静。

直到今天，有一个涉嫌虚构的情节仍在我的脑海里：深夜，他站在开阔的地带，月光与白花花的碱地泛出光芒，让他高大的影子重重地在天地间矗立成一块石碑，他破旧的粗布长衫在风中浮动，看上去仿佛在完成光荣的布道。这时候，只要他朝玄妙的星空念出一个心愿，那些潜伏在地下、飞翔在空中的生灵们就会跑来，心甘情愿地被他捕获，成为他幸福的俘虏。

与梨花重逢

其实，与时间概念上的过去重逢，多半是找不到感觉的，哪怕重逢的物象是旧情人。原因无外乎分别多年，中间相隔的东西太多，岁月很规律很自然地筑起了墙，越积越厚。心茧是一点点磨出来的，有的人甚至干脆妥协变成了实心人，像一块山芋头，电闪雷鸣都轰不开。这时你会发觉，最初的温存与震颤丢到迟钝的皮肉之外了，多年的牵挂或不安变成鸡对鸭讲，真是话不投机半句多。

若其中的一位，有一句用词不对另一位的心思，就在心里作出了判断。

事后，大概男女双方都会有深深的挫败感吧。他们会认为自己这么快地就被岁月打败了，双方都成了各自衰老的见证人。

几年前，我看过一部美国人拍的海明威传记片，有个细节至今记忆犹新：

晚年的海明威已成文豪，但是坐在轮椅上承受疾病的折磨，这时，有个数十年未见的旧情人破门而入，眼前的女人竟然光鲜如初，一如当年初识时。海明威当即大惊："哦，你居然躲过了岁月的削砍……"然后拼力挣脱轮椅，想站起身来，但在双脚站稳的刹那，裤子掉了下来。

我因此怀疑，这件事导致了海明威的自杀。自杀，让他多少找回了一点男人的尊严。

有个拍得很小资的电影叫《与往事干杯》，意思是告别作用于生命内部的力量是最直接的，直接到迅速改变人行进的轨迹和方向。与其纠缠不休，莫如喝了这杯壮行苦酒，各自上路。

大雁南飞，秋水泱泱，道路宽敞。

事关重逢种种，我一直保持高度警觉，比如我拒绝参加小学同学会——中间相隔太久了，陌生的不只是时间，而是全部。再说，让一群在江湖上摸爬滚打、伤痕累累或志得意满的中年人回归到玩尿泥时代，也很难找到心灵上的共鸣了。

当然，大学同学的聚会不在此案。

另外，我近年来极少陷入伤感，我已经把少年时代的忧郁因子从身体的内存里删除。现在想想当年那个偏激的自己，真是令人讨厌，令自己讨厌，也令上帝讨厌。如果不是因为职业原因，我甚至会把事情做得更绝，把不愉快的过往统统打入屏蔽的死牢里去，不到万不得已，绝不打开牢门。当然，我是指把绝望的东西关进去，这一点，晚年的张爱玲做得比较彻底。

重逢的经历，对于我，唯独故乡的梨花是个例外，似乎每一瓣里都带有记忆、味蕾和血丝。

唯一的遗憾是，外婆不在了，与她一同消失的，还有一片镇子外的苇荡、水草丰茂的池塘、满天飞舞的喇叭虫和蜜蜂。幸运的是，这野生的梨树林还在。如果梨树也有记忆，会记得性格倔强的外婆，右手拄着一根拐杖，左手挎着一只挖野菜的篮子。事情放到今天，设想这个画面，都太奢侈，都如月光一样凄凉。

那天，我独自一人行走在小镇以东的梨树林里，眼前的幻觉水泡一样出现又熄灭。当我绕梨园一遭，从栅门里出来时，双肩落满了雪白的花瓣。拾一瓣在手，放于鼻孔间，会闻到遥远的苦涩，一直传递到舌尖，它吵醒了沉睡的妖娆。

日光洒满羊草山

一大早起床，为了看雪乡的日出。

睡了一晚山寨版的“火炕”——其实是硬板床，有点硌背，伸懒腰，关节发出了一声脆响。又伸一下，再响，不由感叹：关节开始出毛病了。

昨晚吃饭时，我们和高老五打过招呼，说想去看日出。高老五噘着一副马嘴，眯起一双细长的蛇眼，满口答应：“去吧，我带路……不要钱。”对于此种大包大揽式的承诺，我一直保持警惕，何况我们刚来雪乡，这里没有一个熟人，完全陌生。早晨醒来，我们决定绕开高老五，直奔羊草山。

车子路过高老五家院门时，我看到门虚掩着，一条大黑狗蹲在门前蔫蔫地打瞌睡，高老五瘦削的身影似乎在屋内一闪。顺便交代一下，昨天晚上，我们在高老五的小饭馆吃晚餐，他是店主。我们要了一个酸菜炖粉条，一个辣白菜，一个西红柿蛋花汤。高老五说，你们来得有点晚了，雪乡最热闹的季节是在进入腊月之后至春节后正月十五之前。我问：有什么热闹的？他说，有狗拉雪橇，有滑雪场，人可多呢。我说我们不喜欢那个，我们是来看雪的。

我们蹑手蹑脚地离开高老五的院子，来到了羊草山山脚下，把车停在旁侧。有山门把守，远远地看到黑铁锁，门卫室像炮楼。我们从小门钻进去，看到门卫室墙上张贴着一张《智取威虎山》电影海报：杨子荣的扮演者张涵予牵马进山的剧照。剧照昭告游客，徐克执导的《智取威虎山》的拍摄地点在羊草山。

山上黑黝黝的，四周的物景还很迷蒙。跺着脚，扯起嗓门叫人——我们原来的设想是把车开上去，据说去山顶的路去年夏天已经修好了，但守门人出来后说雪太厚，我们的车是开不上去的，需要乘坐雪摩托。如果走上去呢？自然可以，但要冻个半死，往严重点说，有可能“壮烈”。四目相觑，无奈，于是乎付钱，戴上专用的防风镜，我坐在雪摩托车尾部。开雪摩托的小伙子睡眼惺忪，显然不太愿意这么早被人从甜美的睡梦中叫醒，或者我们付的钱他本人得不到，总之是带点消极情绪，结果把雪摩托开得狼一样呜呜叫，而且箭一般飞快。我是头一回乘坐雪摩托，甚至前所未闻，事后得知，遇到恶劣天气，乘坐雪摩托是需要进行一番训练的，还有着装要求，如果手机往衣兜里随便放，会甩出去。刚才说了，我坐在后面，双手紧紧抓住后柄手，当雪摩托飞驰狂奔的刹那，我后悔得叫苦不迭，意识到这是一次冒险的行动。风在耳畔呼啸不说，要命的是我的近视眼镜被风镜蒙上后，很快被呼吸的气息布满，眼前白茫茫一片，什么物景也看不见了，而狂奔的雪摩托颠簸剧烈，有几次我的身体好像都要飞出去了——而手自然不敢松开把手，内心恐惧到极点。后来，好不容易爬到一个坡度，雪摩托似乎也累了，在雪窝里大口喘息，它的体态像一只动画片中的怪兽。我不失时机地把风镜扯到鼻子部位，终于看清了周围的场景，不禁惊讶万分：这是一片茂密的原始森林，厚厚的积雪似乎从未消融过，如果我从雪摩托上跳下去，会像一个茶杯掉进雪的深渊。如果座山雕隐匿其间，打猎吃肉，大碗喝酒，过一辈子安稳日子都是没问题的。来雪乡的路上，当地人说座山雕武艺高强，七十多岁了还能追得上野兔子，耳不聋眼不花，在森林里走夜路不用火把照明。他们还说，座山雕的枪法准到百发百中。当地人对座山雕大加神化，大意是说做土匪头，没有两下子是不能服众的。而对于梁家辉饰演的座山雕，当地人说有那么点意思，但台词少，其实是回避了刻画人物的难度，有偷懒嫌疑。张涵予饰演的杨子荣就不能给高分了，一致评价是：缺少匪气，一看就是个“好人”装的。老乡们不怎么懂艺术，只一味往现实联系。我猜测，真正的土匪不一定都是大碗喝酒大块吃肉的饕餮之徒，但一定是在言行细节上突破人类道德规范的，正常社会中遵循的榜单中，比如通俗的“好人好事”概念，土匪那里可能指谁杀了多少人、抢劫了多少财物。

上山的过程中，我心下思忖，守门人说的没错，这样的雪路车子是开不上来的，而且一路低洼不平，有几次是整个雪摩托飞向半空又落下来。定了定神，我感觉雪摩托真是神奇，以三个人几百斤的重量，居然不会沉到雪窟窿里去。整个过程，它就像一支黑箭头，从山脚下起步，一路狂奔到山顶。

到达羊草山山顶后，眼前呈现一片阔大的雪野，开雪摩托的小伙子操一口浓重的东北腔问我：“哥，怎么样，吓着了吧？”我有强烈的虚荣心和个人英雄主义情结，急忙否认：“没事儿，没事儿！哈哈。”然后递给他一支香烟——临时公关，东北人讲究这个，只要表示一点友好，就怎样都好商量。果然奏效，小伙子憨厚地笑起来，解释说之所以把摩托快开，是为了赶上看日出。

这一提醒不打紧，妈呀，猛回首看到一缕光芒照到了肩膀上，似乎还带有响声，连同整个森林都在颤抖，黑压压地从沉睡中翻转身来。大概只差几秒钟，羊草山的太阳已经露脸了，我没能拍到日出的瞬间，似乎这一番折腾白白承受了。

我想起2010年看阿里山日出，有经验丰富的向导组织，头天晚上就征求大家的意见，对看日出的成员设定叫早，对日出没兴趣的则可以继续在酒店睡觉。我有睡懒觉的习惯，有些打怵早起，但经不住同伴劝说：“你可能一辈子就来一次阿里山，不要留遗憾。”于是报名加入了凌晨四点半早起的行列。天刚蒙蒙亮，向导便穿戴整齐地招呼大家起床上车，那滋味不好受，但我也勉强穿衣上了车子，在车上继续打盹续梦，就这样被拉上了观日台。台湾人讲究，木质结构的观日台设置得很漂亮，周围的远山尽收眼底，满山的杜鹃把山峦点缀得像一幅国画。当然，远山渐红，很快就日出了，太阳似乎一下子从山脊上跳出来，像一面明亮的镜子，照得人睁不开眼，我不由得涌出眼泪，只好闭了眼睛胡乱按动相机快门。如今再看当时用傻瓜相机拍摄的照片，竟然还能还原当时的现场，拍摄到了日出时瞬间迸射出的七彩光环，羽毛般向四处飞散。

海上日出我也观看过一回，两年前的冬天在黄岛——现在那个地方叫“城市阳台”了，当时还是一片荒凉的海滩。记得一大早，我便携爱人一道观景，寒风凛冽袭人，但海上日出的确比山上日出好看许多。太阳从海平线升起来时，又大又圆，且是彤红彤红的，一点也不急躁，温柔的样子让人想上去亲一口。

而在羊草山，我没有看到完整的日出，也没有看到一只吃草的羊。

雪乡的营生

有人在清理屋顶上的积雪，我上前问究竟，答曰：雪乡的木房子屋顶是平面的，中间有凹槽，雪融化了容易储水，房子会很快腐朽坏掉，生出菌类。昨天他们接到管委会通知，说天气渐渐转暖，要抓紧清理积雪，言外之意是游客越发少了，把店里的善后工作做好，以备来年冬季到来。虽然客流稀少，收摊的人家门前落了锁头，但家家户户的红灯笼依然高挂屋檐，夜晚一律点亮雪乡的童话景观，堪称如梦似幻。

有几户店家在外面没有其他营生，会留下来照看雪乡的客栈，大多是上了年纪的老头老太，嘬一根长烟袋守在店门，见到游客露出一口黑牙。他们的日子过得简单清闲，儿女们也都长大成人，在外地打工赚钱，客栈经营一个冬天，赚的钱足够他们花上一年甚至更久。他们很少下山，年轻时疯过野过闹过。再说，山上什么宝贝都有，木屋子后面就是森林，林子里的奇异野物可谓手到擒来，全部免费。

春天，雪乡的营生开始清淡下来，年轻人闲不住，便背起行囊，远走他乡，去城里打工，他们渴望体验现代城市生活的各种消费和刺激。

刚开始感觉新鲜，高耸云端的楼房和建筑物令人眼晕，超市里琳琅满目的商品也让人挑花了眼，城里姑娘穿着时髦，敢于暴露腰肢，但他们很快厌倦了这些花枝招展的玩意儿。他们野惯了，受不了公司里严格的管理模式：进厂门要打卡，有的是在机器上刷脸，每天进出厂门都要刷一遍；每天的劳动强度大不说，出门还要告假，甚至连上个厕所都要向主管打招呼，稍有不慎，便会有一张罚单翩然而至，有时一扣就是几百元钱，一周的工作就白干了。

逢上周末，雪乡人便约到一处，互相抹泪诉苦，然后喝大酒，喝个酩酊大醉，痛哭流涕大声喊叫。他们开始怀念雪乡慵懒的日子，眼前掠过爹娘贴心的疼爱或关照的呵斥；怀念漫长的冬夜里滚烫火炕传递过来的全部幸福。世间有一个悖论：自古以来，游子们在外流浪大半生，到老了突然发现还是自己的家乡最好。当初为什么要吵闹着离开呢？谁也无法破译其中的奥秘。

有一年，我去南方古镇某名人故居参访，发现那里的小桥流水景观真是养人，细雨打在乌篷船上，声音美妙到爆，再观岸上行人，撑一把油纸伞的感觉真是出味，像一幅水墨画。名人的童年伙伴还健在，只是老得没了水分，每天搬着马扎子在河畔下棋或闲聊，成为古镇一景。他们还依稀记得名人童年的种种顽劣，叫着名人的乳名。当年，名人考上省城的名校，这些伙伴们羡慕到羞愧，不好意思出门来送名人远行，躲在自家木窗棂后面朝名人的背影投去嫉妒的眼神。后来名人发展到京城成了名人，而这些镇上的老伙伴则守着旧宅度过日月。名人成名后偶尔返乡，见到老伙伴们笑容可掬、握手抱拳，但当他们与名人坐下来闲聊时，却发现话题已是鸡对鸭讲，各自的关注点大不相同。终于有一天，伙伴们悟到，名人已经走得很远了，而他们是永远也撵不上的，命运把他们像一幢房子、一座桥一样，扔在了古镇的水巷与河汊，他们只好服从。

后来，远在京城的名人终是没有逃脱“文革”的灾厄，在一个美好的春夜自杀了，死前在遗书中写有一段意味深长的话，大意是“早知今日死，何为异乡客”，他后悔没有和故乡的山水相伴一生，他的理想原是一辈子做古镇上的逍遥隐士。然而，像一瓢水泼了出去，一切都晚了。

名人死时不满四十岁，死后留下了名气，古镇也沾了些光，招来了些商机——文化商人利用名人的影响，创办了纪念馆和旅游景点，让游客参观名人生前的旧照旧信，包括穿过的衣帽鞋子、用过的牙刷和一瓶法国香水。但名人悬梁自缢的瞬间苦痛，大概是任谁都不愿尝试的吧。当时，我站在古镇的琵琶桥上，发出由衷的感叹：在这里度过一生，啥也不做，该有多好！

人是种怪生物，若此生不到别处经历一番冒险，便会不安，认定自己没有出息，似乎对不起祖坟。他们放下故乡好好的营生不做，偏要到异地他乡去做不熟悉的营生。败了，像狗一样狼狈地还乡，从此安心守着家门度过一生；成了，则自此醉心于一些花枝招展的东西，到老再患上要命的乡愁病。

在雪乡，我看到这样的情景：一对老年夫妇在一口铁锅前炖狍子肉，男人在一旁温一壶热酒，妇人往灶膛里续木柴。肉炖好了，老人掀开锅盖，汤在锅里泛着浪花，一股纯正的香气扑上来，飘出窗口，飘出院子，在屋顶萦绕。

我盯着他们看了很久，沉醉在一种幸福的幻觉里。

雪乡的地理与节气

三月过后，积雪融化得很快，山溪会顺山而下，流满山谷，是天然的矿泉；河岸边野花怒放，植物茂密生长，比露水更新鲜。蕨菜、荠菜、蘑菇、木耳……各种山珍野菜多得采不完，采过一茬，新的植物又迅速生长起来。林间的气息太好闻了，永远都是湿漉漉、暖融融的，吸到鼻子里，昏沉的脑子清亮了，目光也立马清澈。野鹿、狍子、山鸡遍地奔跑，各种鸟叫虫鸣声此起彼伏，一支大地合唱队瞬间组成了，要上演一台没有人类听众参与的超级自恋的节目。

春天入境，到处是雪融化的声音。雪乡的日光是没有雾霾遮挡的，刹那间就能听到悦耳的融雪声，比下雨还密集。有人把一块油毡布铺到屋檐下，会听到上帝的擂鼓声，当然擂的是小鼓，节奏均匀且悦耳动听。如果把一只空铁桶放在松树下，雪水会顺着树枝流淌而下，顷刻间注入半铁桶雪水，整个过程充满了诗意，连阳光都融进雪水里了——在我的故乡鲁西平原上，家家户户用辘轳从井下汲水。夏天，男人光着膀子，把水桶续到井底，打满水，摇着辘轳车把水提上井沿，整个过程很吃力，汲完了水，还要用扁担把水挑回家，搞得全村的男人都早早地成了罗锅儿，毫无诗意可言。当时全村只有一口甜水井，每天早晨都聚满了挑着扁担排队的人，天长日久，乡亲们难免因此发生各种摩擦，有时因为挑水问题发生口角打起架来，那一刻扁担就成了攻击对方的武器，凛然变成了武松手中的哨棒。

写到这里，我的脑海里突然跳出一个亲切的意象：水缸。挑回家的水，会在水缸里储存，其实是一口大瓮，村子里讲究的人家还会在里面养红锦鲤，图日子过得红火。水缸是我童年印象中最有诗意的物件，因为它摆放在院子里，总是装满了水，夏天的夜晚趴在水缸前，会看到星星和月亮在水里浮游，那一刻，我感觉天地之间存在着巨大神秘。

夏天的雪乡其实很好看，但此时已经像一座上帝留下的空寂的花园，没有什么游人来观赏了。偶尔会有几个美术学院的学子出现，背着画夹子写生。他们在草木间出没，捕捉森林与河水的气息，画下光影在林间的变幻。沿森林的小路向深处走，会感觉到一种巨大的阴凉氛围，昏睡的头脑顿然清醒，目光恢复孩童般的明亮，看到原始森林中强大的生命：半截木桩上生出油绿的枝条，蟒蛇逶迤从容穿越山溪，乌鸦在树枝间聚集聒噪，麋鹿和野猪在风中跳跃奔跑……

在荒凉的雪乡，狼还顽强地存在，只是很难发现它们的踪迹；后工业时代，狼已经构不成种群，连雪乡这样的地方也不是它们的乐园。野猪不同于家猪，它们机敏而聪明，很难捕捉，从前有职业猎人总结了一整套猎获野猪的先进经验，比如下套子和埋夹子，最干脆的是用双筒猎枪将野猪一枪毙命。如果有人打死了一只重达三百斤的野猪，是不能独吞的，而是要杀了猪割了肉，东家一条西家一条的挨家分赠，那是雪乡人大碗饮酒大块吃肉的节日。

较之其他动物，狍子是最容易捕获的。它们模样长得像鹿，但智力比鹿差远了，我因此怀疑它们是鹿与鹿近亲交配的产物。除了形象上与鹿相近以外，它们憨态可掬的容貌也让人顿生同情，我甚至觉得是造物主在开一场无意识的玩笑。我住的那家客栈，主人养着四五只傻狍，老板娘笑着说它们太好捕捉了，随便拿点吃食就能让它们中招，从林中尾随到院子里，从此成为没有分文成本的家畜，丧失自由，在木笼子里度过余生。它们先是被主人豢养一阵子，最终的命运只有一个：变成餐桌上的野味。也许是出于对狍子的悲悯吧，我几次婉拒了店主的劝诱，没有把狍子肉列入品尝菜单。我救不了这几只狍子的命，但可以让其中的某一只多活两天。

一年四季，雪乡有三个季节的寂寥时光，漫长而乏味，仿佛已被外面的世界遗忘。街上稀稀拉拉地走着无聊的老人、懒洋洋的狗，偶尔有车辆经过。山上的植物在生长，木耳从树桩上生出来，蔬菜和庄稼也在长，夜晚静得能听到森林与树叶的呼吸。

第三辑　绳子上的路

幽寺

宝藏

小时候，我珍视每一个夜晚的来临，当月亮的光芒溢满窗台，山谷升起淡淡的氤氲，大地被蒙上一层黑色的帷幕之后，我动作快速地钻进被子，蜷缩的身躯构成一只猫的形象。然后，我进入睡眠的幽深地带，隐约感觉到窗外每一秒细碎的变化，一切都是轻轻的、静静的。

墙上的时钟在嘀嗒走动，秒针正接近一个圆圈的尾部，整个世界都暗下来——院内的白杨树正忙碌着收集白霜，有疤痕的树身上闪烁着晶莹的颗粒——是的，整个世界都透着神秘，连屋角的木柜子都散发着诡异的气息。

大人们是不知道的，在我的内心，一直埋藏着一个无法言说的秘密——我之所以喜欢夜晚，只是因为睡着之后会有奇幻的景象出现，准确点说，是一种奇妙多姿的呈现：当倦意袭来，睡神伸手把人拉入幽深的睡眠时，梦境出现了，我稀薄的意识顿时进入一个无限蜿蜒的洞穴，灵魂看到比白天更加丰饶多姿的画面，另一个世界的门向我打开。

在那个类似仙境的世界，草野被风吹开一条绿毯，太阳如露珠般晶莹，而人可以缓缓地飞起来，去摘取圣树上金黄的果实。梦境中没有现实生活中的繁文缛节和复杂琐碎，身体只需轻轻地抖动，便可完成各种高难度的动作。

有许多次，我与神话中的人物在梦境相遇，他们面目虽然模糊，但却亲切慈爱地抚摸我乱糟糟的头发，我能真切地感受到他们抚摸的温度、速度和力度。我站在他们中间，像一个被神护佑的孩子，承受着甜蜜的委屈，放弃所有的抵抗。最后，他们送给我许多当时堪称贵重的礼物：一面镜子、一把梳子、一个旋转的铅笔刀具、一个漂亮的滑轮车。我捧着这些黑漆漆的财宝，内心升起一种至高的荣光。我用手小心地摸索着这些在现实中很难得到的礼物，内心涌动着难以表述的惊喜。

遗憾的是，当我醒来时，这些东西全都不翼而飞，枕边空空，什么也没有留下。整个白天我都郁郁寡欢，陷入一种怅然若失的情绪，夜晚的情景在脑海不时闪烁，重温的画面让我神往备至。这就是梦境带给我的最初印象，它像一个迷人的洞穴，闪着诱惑的光亮，而洞穴的尽头便是堆积如山的宝藏——它们像一眼就能看穿的秘密，具有短暂到令人绝望的性质，又像叶片上的露珠，遇到阳光就会蒸发。然而，一次次地，我愿意放弃一切穿越洞穴，去接近那些一闪而逝的宝藏。

歧路

在虚拟的乡村天堂，乏味漫长的冬季是最难打发的，大雪往往一下就是三天三夜。我住在萧瑟的果园里，满眼都是白茫茫的积雪。有时风呜呜作响，把雪粒吹到更远的地方，堆积成一块礁石的模样。高高的柴垛，窜天的白杨树梢，雪地上莫名的爪痕，制造出一种莫名的气氛。我唯一的乐趣就是与村里的伙伴们会合，互相分享前一晚的梦境。大雪深深没过膝盖，黄河故道上的开阔平原，喜鹊在白杨树枝上清脆喧鸣。一望无际的雪野，河岸上马车移动着，远处传来黄牛在雾霭中偶尔发出的哀叫。我把围巾裹严，吹响口哨，影子在忽明忽暗的光里晃动，深一脚浅一脚，去赶赴同伴的约会。我们在寒风中，在老磨坊的碾盘边，在柴草垛的背后，在冬季一缕清寒的微光下，用极其神秘的语气互相交换各自梦中所见，好像沙漠甘泉，饥肠辘辘的旅人突然遇到奇珍圣餐。

哦，多么贫穷寂寥的乡村——伙伴们每个人的口袋里都藏着一只弹弓，白天里会歪斜着眼睛击落树枝上某一只倒霉的麻雀；夜晚则在枕边放一把自制的木枪入睡，听到窗外有异常动静时，醒来后的习惯动作是先把木枪抓在手中，其实这都是在模仿电影《地道战》和《地雷战》中的人物。正是因为一场场脸谱化的电影，英雄主义情结被悄然播下，在心里生根发芽，日益壮大。于是，在梦中，他们都渴望成为银幕背景中的人物，小小年纪便抱定为成为英雄而不惜捐躯的念头，甚至到处寻找光荣献身的机会。在伙伴们眼中，死亡大抵如梦境般虚幻美妙，人死一次是不够的，死了以后还会再醒过来。传说猫有九条命，人的命应该有十九条，甚至更多。而年幼的我，却早早地知晓了死亡与睡眠的区别，这是我与众多伙伴的区别之一。其实，身边有太多的事物证明死亡的存在，如田间密布的荒坟，村子里难产死去的女人，某一辆从镇卫生院拉回的板车上面盖着白布的死尸，以及在夏天飘着萤火虫的夜晚各种关于鬼魂的传说。

在荒诞不经的20世纪70年代，我的三个童年伙伴先后死于非命：有一年，生产队里的仓库着火了，一个伙伴奋不顾身地钻进去救火，却再也没有出来，人们议论，他孱弱瘦小，根本不具备救火的能力。还有个伙伴学雷锋做好事，夜半时分到大街上清扫积雪，不慎落入井中淹死——在我的印象中，他极其聪明，学习成绩在全校排前三名。第三个伙伴则死得更加耐人寻味——他捉住了村子里的一位“阶级敌人”，因为那个人在村头的晒场上偷了几穗集体的玉米，他抱住那个人的大腿不松手，要把对方交给民兵连处理，两人发生争执，在争斗厮打中，伙伴被那个人活活掐死。这是一桩轰动乡里的杀人案件，杀人犯在几个月后被正法。行刑前，他被五花大绑，在全镇游街示众。我躲在人群中朝里张望，看到那个人被揪立在一辆敞车里，光头低垂，肩膀上插着一块牌子，那是罪恶的标记。然后，砰的一声枪响，一个蒙昧鲁莽的生命宣告结束。

类似的案件在我的幼年时代屡次发生，这是当时每个中国乡村都有过的悲剧，案件的起因大多不值一提，小到几穗玉米、一株麦穗或者一盒火柴。

那些天真幼稚的孩子，生命永远中止于第十个年头，尤为令人嘘唏的是，他们的牺牲甚至连个开追悼会的荣誉也没混上，混沌无知的村人并不把他们的死与某种高尚的情怀联系在一起。在荒凉的乡村，人死了就死了，茅舍与灶台依然清冷，草木灰在宅田菜地泛着白光，枯树和芦苇在寒风中瑟缩。

那个杀人犯被镇压的黄昏，我独自一人在村头游荡，满眼都是鼓噪的乌鸦，冷风飕飕地钻入衣袖，莫名的孤独感弥漫了冬天干冷的道路。我感觉哀伤。令我哀伤的不只是子弹穿越脑壳脑浆飞溅的画面带来的刺激，而是我永远失去了三个志同道合的“追梦者”。对我而言，这意味着一个重大改变：自那以后，我的梦只剩下自己一个读者——早晨，分享圣餐的喜悦冲动没有了，冰冷的灶台上，只剩下几根茫然失落的残骨。

禅院

聚会时，朋友们热烈地谈论起各种神秘灵异现象，其中有个家伙是个彻底的怀疑论者，他认为世间存在的一切现象都是可以解释的，而那些在网上被热炒的灵异视频，皆是某些无聊好事者拙劣的伪造——为了满足人们内心的猎奇需求，他们刻意安排，在夜间排演了一场又一场所谓灵异事件，经过电脑的技术处理，大肆渲染，赚足了人们的眼球，也满足了他们可耻的虚荣心。总之，在他看来，世间万物没有什么神秘可言，山有山的法则，水有水的源头，一切都是非黑即白的二元对立。关于梦象，他认为“日有所思，夜有所梦”的说法已经足够完成对它的全部阐释，是人潜意识中的“一种精神兴奋活动”。席间引发小小的争议，人们无法说服他。我默默地冷观这场争论而不置一词。如果放在过去，我会忍不住与他大吵。但现在，我已经感觉到争论是徒劳的，我只是在心里认定：做梦这件事没有那么简单。我认为，在人类所有的感知系统中，它是唯一一桩可以“触摸”得到的神秘现象，人人都在枕边与奇幻幽会。尽管人们对此早已习以为常，不加深究，进而忽略了它的唯一性和神秘本质。按照弗洛伊德的哲学观点，把做梦现象一股脑儿地打入性学，更是直观到可笑离谱，不值一驳。比如，既然春梦只是梦境内容的一种，就不能把所有的梦种都归结于性的反映。如果白天的想法直接在梦中体现，那些离奇的荒诞景象就不会存在：梦境与现实的重大区别在于，前者是非逻辑的，甚至完全脱离于大脑的支配，有许多梦的画面远超于个人想象力之外——人可以振翅在太阳下低飞，春天返青的麦苗在睫毛下掠过。而且，梦中的行为有一个最大的好处，即可以不必为后果负责，哪怕在梦中做出了可怕的事情，也不会构成任何现实的麻烦。尽管，如果在悬崖的绳索上行走，要经历同样逼真的心理体验，具有同样惊心动魄的危险，但只要睁眼醒来，惊险就会瞬间消失，一切都没有真正发生，那些墙的坍塌、山体的陷落、日光的倾斜，原来不过是一场上帝布置的演习。这种危险体验的成本等于零，正所谓一场虚惊。假如你梦见失去了一条腿，那只是神灵在提示你今后要更加爱护自己的腿而已。讪笑之余，惊恐的瞳仁会在一秒钟内重返宁静，归于常态。

然而，在活生生的现实中，有许多人却因为接受了梦的开示而改变了行进的道路，做出了扭转命运的决定。这使我产生疑问：梦境，果真是一切都没有发生吗？

在一个苍茫的冬日黄昏，我流连于一幢幽深的寺院外围，残阳如血，一切都是偶然的，是无意中的观察与留意。那红墙灰瓦的高大建筑把阴影投射到麦田上，有隐约的诵经声自寺院内传来，但我围绕它转了一个圆圈后竟然没有发现入口。是我忽略了什么吗？门在哪里？整个寺院通体神秘，像川端康成笔下经典的幽寺，但又似曾相识。瓦楞上的荒草，风中飘来的气味，都给我以重温感，沿着一缕烟就能抵达回忆之乡。在疑惑与忐忑里，我怀疑这幢寺院曾经在梦境中出现过，或者眼前的画面干脆就是一个梦境？我咬了一下手指，感觉到真实的疼痛。后来，我还是找到了一个窄窄的巷子，它被一株粗壮的老树遮拦着，以至于粗枝大叶的人难以发现这里有一个通道。这是故意的遮蔽，我一时不明白设计者的良苦用意。我的思维在瞬间刷了一下屏，被莫名心理驱使进入巷子。光线忽明忽暗，焚香气息扑鼻，周围死一样寂静，脚步绵软，感觉像行走在梦中一样恍惚。

居士

眼前呈现的画面出乎我的意料，寺院内美得像一幅水墨画：院落干净整洁，积雪被清扫得颗粒不存，院内的两株蜡梅已然爆开，一股清雅的芬芳在空气中弥漫。

“禅院里的花，香味比雪更纯。”我的脑海里突然涌出这句不知出处的诗。

凭借有限的佛门知识，我双手合十，念诵“阿弥陀佛”，很快与主持搭上话。他是一个上了年纪的僧人，脸上表情单纯温和，网形皱纹松弛，像开片的瓷器。我们在火炉前对坐，用一把老铁壶烧开了水，泡了一壶陈年普洱。茶香四溢，烛光照亮了供案上的一尊莲花佛像，旁边有一个铜质香炉。

原来，这座叫作“梦禅寺”的佛家修炼之地有一番来历：修建这方圣地的人是位居士，她原本是个普通的家庭主妇，时年五十多岁。一天晚上，她梦见一个模样俊俏的孩童在寒风中哭泣，孩童衣衫破旧，一双赤脚在雪地上冻得通红。这让她善心大发，上前抱起孩童，哄了又哄，并且把身上的衣服脱下来给他穿上。因为梦太逼真，梦醒后她整整一天都心绪不宁，眼前总是晃动着孩童的影子。此后，连续三天她都梦见了这个孩童，孩童目光清纯如水、满面忧戚，望着她似有话说，却欲言又止，只是泪水长流。居士问其来历，不禁吓了一跳：孩童自称太子——南朝梁代著名的昭明太子萧统！这是个不幸英年早逝的孩子，自幼聪慧过人，他是诗人、学者，编撰存世作品集《昭明文选》。居士虽然大字不识几个，但从小就从乡人口中得知太子的大名和有关他的传说，忍住惊讶上前询问，太子泪水涟涟，边哭边说，居士听了暗暗吃惊。原来，太子落难，无处可栖，其修炼道场在遥远荒僻的东天目山，数年前寺庙被毁，如今已成废墟，风雨剥蚀着碎瓦残片。太子言，频繁造访打扰，是看到居士慧根大德深厚，即向她求助，主持修复其寺院道场……居士闻言，一个激灵中醒来，太子清晰的语音犹在耳畔回响，屋子里似乎萦绕着太子的哭腔，急忙开灯，记下几行字，歪歪扭扭，却藏下一个隐秘天机。

几天以后，居士做出了一个惊人的决定：独自一人，远赴东天目山修复道场。也就是说，她是如此固执地爱上了一个虚无的梦境，不由分说地信赖一个梦境，义无反顾。对一个家庭妇女而言，做出这个决定的难度可想而知，她要承受各种压力，被周围人议论嘲笑，被家人视为疯子。但她心意已决，不可更改。居士身背行囊，从鲁地出发，独自深入东天目山寻找旧道场遗址。此前，她从未想过世间有这样一处荒芜的山峰，会与自己发生关联。奇怪的是，梦中的景象被一一验证，她很快在深山峡谷中找到道场的原址。她很兴奋，这让她认定了神谕的存在，坚定了修复道场的信念。当晚，她又梦见了韦驮菩萨——韦驮菩萨以护法著称，相传整个天目山都是其最早的道场。韦驮在梦中叮嘱居士要做好吃苦的精神准备，修复道场需经历八十一难才可做成。果然，在之后的日子里，她承受了雨淋风吹、冰霜雪打、寒冷、饥饿、蚊叮、虫咬、蛇缠、熊袭、兽攻、火烤、水淹、雷击……如今，十多年过去，堪称庞大的昭明寺道场宣告落成，东天目山恢复了一千年前的热闹，前来朝拜的香客络绎不绝。莲花灼灼，世上又多了一处佛门圣地，在不停地向人间传达佛愿，并且影响四周。而居士也已经进入年迈老境，她端坐在红木椅上，神态安详，表情放松，目光中流露着宁静，焦虑消失。这让我明白了一个道理：当一个人完成了一件自己想做的事情时，心就安了。无论身在俗世，还是念佛、修道，甚至习武都一样。她修复了昭明寺，昭明寺也成就了她。

居士在南方完成了心愿之后，便返回鲁地，又八方筹措，新修了这幢我所见到的梦禅寺院。

我喜欢这座寺院的幽寂地气：人置身其中，会嗅到一股暗香，周围静若幽梦一帘，让人产生虚幻迷离的隔世之感。这种效果其实来自居士的精心设计，她要以此纪念梦境所带来的觉悟与启示。

死魂灵

有人说，梦是没有色彩的，一个人观演的全过程，恰如欣赏一部黑白电影。但是，据我本人的体察经验判断，梦的像素大多不高、颗粒缺乏细腻、画面比较模糊、聚焦不够精准，可它同样具备色彩感，梦中的大地同样繁花似锦、硕果累累。也就是说，画面并未经过艺术处理，而是接近生活本身的颜色，如果说其中有差别，那就是梦中的图像更为幽暗，在亮度上类似阴雨天气的拍摄，缺乏现实的温度与质感。

在现实中，人很难以绝对观众的心态超然于自身之外，来远远地观察自己。但梦境的出现改变了这一局面，而且这是一部根本不需要投资就可以欣赏到的微电影，制作简单，闭上眼睛就可以迅速投入生产。

另一种说法则流传甚广：梦见死去的亲人无法对话，对方是沉默的，表情与眼神是呆滞的，因为人死后灵魂已经变成一缕轻盈的气息，丧失了语言表达能力，或者说已经无法承受一句话的重量——当他从口中吐出一句话，发出声音时所产生的磁场能量足以把灵魂的躯壳震碎，脆弱的身体外形瞬间化为一堆碎片。这一刻的灵魂会痛苦吗？我猜不透。我只知道生命的痛苦往往伴随着肉身的疼痛，以至波及灵魂的痛苦触须，而灵魂一旦丧失了肉身载体，痛苦一定会大大削减。试想一下，假若灵魂果真存在，并且背负着深刻的痛苦，那么死亡后的世界该是何等恐怖——会漫天都是嚎叫的歌哭。我想，智慧仁慈的神是不会这么安排的，那太残忍。总之，我认定人死后的灵魂一定是漂泊、木讷和无奈的，不具备敏锐的道德羞耻感和坚硬高贵的精神毅力，更谈不上目标追求，甚至是极其笨拙、惊惶失措、探头探脑的形象。

奇怪的是，两年来，我与死去的父亲的“沟通”却“保持”畅通。在梦里，父亲依然像活着时一样侃侃而谈，有时是喋喋不休地说话，他笑起来依然魅力十足，有一次居然真切地开怀大笑，笑声惊扰了睡神，我当场醒来，呆坐床前魔怔了半天，然后眼睛开始湿润。我因此坚信，父亲在另一个世界是快乐的，至少是安详的，尽管他每一次在我梦中现身背景画面都破旧不堪：阴暗的屋舍，幽怨的光线，悬挂的蛛网，糟烂的桌椅上摆放着陈年古物，木门后摆放着米缸瓦罐等生活物什，在恍惚的意识中，我判断是故乡老宅。每一次，我都明确地意识到他和去世多年的爷爷以及二爷在一起。这是一个符合逻辑的变化。看得出，父亲已经适应了死后的状态，尽管从表情上分析，他时常流露出委屈、感伤和无奈，似乎是离开人世早了些，他还有许多尘世夙愿未了。他去世时七十五岁，还不算太老。

父亲去世后的头一晚，我负责守灵。灵堂设在一个城郊尚未投入使用的新居民区内，周围积雪茫茫，一片荒凉。年节临近，灵堂外有饥饿的野狗出没，我几次抄起木棍驱赶野狗，有一次击中了野狗的后腿，它在黑暗中发出一声嚎叫，然后逃离。父亲遗体旁的三支蜡烛在风中摇曳，我对着静静仰卧的父亲磕了三个头，说到了那边，如果缺少什么，就给我托梦。但父亲去世一个多月了，我却从没梦到过他。不是我不想他，这一个月我过得极其煎熬，时常夜半醒来，望着他的遗像流泪，耳畔回旋着他临终前的每一句话、每一个细微的动作。在最后一刻，他的神志和思维依然清醒敏捷，这让我的痛苦格外沉重。在我看来，死神将那些能量耗尽的生命取走才合乎自然规律，也易于让亲人接受。

父亲去世后第一次进入我的梦境是在两个月后，梦中的画面至今让我震惊：他孤单可怜地坐在一个小餐桌前，表情严肃，在默默地吃一碗面。我甚至嗅到一股被油煎过的葱花气味。我心里明白他已经死了，但还是像以往一样小心地走近他，叫了他一声父亲。他冷漠地看了我一眼，没有搭腔，把脸扭向一边，继续吃面。这时候，我隐约感觉到，他所处的环境是陌生的，身边有一些人影穿梭，烟雾蒸腾，只有一缕微弱的光从门廊上方投射到桌面上。我心跳加速，认定那是一家简陋客店。第二天，我又梦到父亲，他开口说话，说他到了一个新环境，一切从头开始，一切都好，他需要一双新皮鞋，要 42 码的。早晨醒来，这个梦仍然清晰可触，像一句鲜活的叮嘱。我打算九点钟到超市去买皮鞋，可巧，这时客厅的电话响了，是大姐从故乡打来的，第一句话就说她梦见父亲了，他缺少一双皮鞋。这让我暗暗吃惊，紧张得毛发竖立，话到嘴边又咽了回去，未敢说出与她在同一时间做了一个内容相同的梦。我怕因此引起大姐的恐慌与怀疑——她或许不相信这是真的。事情的结果是我未到超市购买皮鞋，因为大姐说只有纸扎的东西阴间才能收到。第三次梦见父亲是半年之后了，这次他一副很高兴的样子，似乎是刚喝了酒，笑声朗朗，大声说话，身后跟着爷爷和二爷，这让我感觉安心。

两年多来，每当我梦到父亲，我都会在第二天驱车到寂静无人的十字路口给他烧纸钱，望着火焰一页页舔食那些黄色的草纸，喃喃自语地说一些话。那一刻，我相信地下的父亲能听到。父亲的突然离去让我参悟，舍得放下，不再贪嗔痴迷，懂得了人生的定数，努力、失败、成功、辉煌、黯淡……最终都逃脱不了衰老枯萎的结局，这是最公平的天理法则。当生命的大限来临，梦境便如雨后天空架起的一道彩虹，成为死者与生者、阴间与阳世的唯一桥梁。

幕后

大幕徐徐拉开，有一点至今令人疑惑——既然自己是梦的主角，真切地感受着欢喜与疼痛，那个躲藏在幕后的观察者是谁？是自己像个摄像机般观察跟踪着自己，还是另有其人？如果另有其人，这个人是谁？难道是上帝或者其他的神明？依照个人经验分析，并非每个梦都有意义，事实上，多半的梦是零乱的，像铁丝网或田野上的藤萝一样零乱，这样的梦很快会被遗忘。只有极少的梦有神谕、暗示效果，有深奥的隐喻力量，会开启一个人内心潜藏的智慧之门。在某些得道者看来，一幢房子、一棵树、一片水域、船只和僧侣，都是上苍之神馈赠的隐喻与暗示。当然，读懂这隐喻与暗示的人凤毛麟角。

既然梦境来自一道神谕，是神有意识透露的神秘一角，那么它与现实的结合点在哪里？假若完全依照它的指引腾空飞翔，它在现实的冲撞下是否会通往跌落的陷阱？在信赖与怀疑的比较中，需要过滤出多大的参数？这成了一道难题。世间原本存在着许多未解之谜，奥妙如宇宙、星空、天堂、地狱、宗教……追究下去，只会让人类陷入玄想的疯狂与绝望。

而美梦，却是如此曼妙，就像一座幽静的禅寺——水珠在莲叶上滚动。

绳子上的路

鸟在头顶盘旋

我想去看看山上屋，那里住着我的好兄弟。我想去感受弯弯的山路，像重新体验一次人生的沟沟坎坎、艰难起伏，让时间的罡风变成一根鞭子，抽打出所有被湮灭的记忆，让往日的片段历历可数，呈现清晰的影像。昨天，我们约好了，他说："哥啊，上山的路太难走着咧，你还是不要去了吧？不要不要，我看你腿脚不好是不是？"我点头说，"前年痛风，腿做了个小手术，还没痊愈，但无大碍。"

他告诉我：他从春节后开始修路，在天晴时修，在刮风的日子里修，在有月光的晚上修，修了整整六个月零七天。把沙土用麻袋扛上山，掺入水泥。把石头打磨得平整光滑，一个人趴在大太阳底下干活，苦咸的汗水流到嘴里。一镢头一镢头地刨，一锨一锨地铲。他在大树下焚香磕头，还供了水果、煎饼和羊肉馅的饺子，心里默默地祈祷山神保佑他把路修好。他最大的梦想是把路修结实点，人上山时能轻快些，慢慢地再把路加宽，让汽车开上山顶，从车窗里探出一面呼啦啦的彩旗。啊，那是怎样美好的情景哟！

“说话到了六月底，好歹我修好了几段路，用脚踩上去的感觉别提有多幸福了！但当天夜里就下了一场大暴雨，我当时正做着一个稀奇古怪的梦，梦见山脚下聚满了人，人们举着火把对我吆喝呼喊，说醒醒，醒醒，山贼来啦，山贼来啦。我一激灵从床上爬起来，听到满山轰隆隆的打雷声，闪电刷刷地照亮了木窗棂。当一记炸雷劈下，门后的水缸在颤抖，水从缸里扑出来，一只老鼠从炕上跳下，吓得吱吱哀叫，瞪大眼睛瞅我。我心想，坏了，我的路！我的路！我顾不得披上一件衣服就冲出了门，嘴里啊啊大叫着，一口气跑了二里路，来到我白天刚修好的路段，寻找一块块的砖瓦，却看见巨大的水流像火山喷发，呼啸的岩浆从天而降，甩动着愤怒的尾巴，把路面瞬间掀翻、冲垮。唉，就这样，我修了整整半年的路终归也没抵得住夏天的一场暴雨。哥啊，老天爷的力量太强大，咱们人类整治不了大自然。暴雨把路冲垮了，把石头冲到了谷底，把几棵大树连根拔起，我喂养的几头黑猪也被活活淹死了。一连三天，我一个人待在山上不吃不喝，心里的委屈像山上泛涨的山洪。”

说到这里，我的兄弟眼睛里有了泪光，嘴唇微颤，有多少故事隐藏其间，多少不为人知的辛酸在肠胃中酒一样翻滚、火一样蹿腾。于是，我有意岔开话题，说我们聊点别的吧，聊点山上有趣的事儿，比如山上的野物，野兔、山鸡、狍子、野獾、松鼠、刺猬、狐狸……还有狼。

我问他：“山上还有狼吗？”他说：“有哩有哩。”

我不想让他的泪水当着众人流出来，刹不住车。我搂着兄弟结实的肩膀，像哄一个大孩子那样安慰他，我看到他其实一脸福相——明亮的眼睛，宽宽的额头，鼻梁笔挺，耳垂又大又好看，红红的脸膛，短短的寸发。而且，他说的话每一句都那么质朴，没有城里人的“弯弯绕”。

我说：好兄弟，有话我们到山上慢慢说，世上的好东西很多，多得数不过来，需要耐着性子咀嚼，没必要一口气吃完。我们盘腿坐在石碾子上，打开话匣。我知道你的日子寂寥，除了山上的树，世界上的人已经读不懂你。其实，是许多人已经不配。许多人走着走着就丢了自己，那个自大的夜郎内心空虚而荒凉，没有了方向。兄弟，你拥有偌大一片山林，你比那些冷漠自私的人骄傲；兄弟，你属于树的家族，你的家族存在本身，便是大地和山川的骄傲，也是森林的骄傲。夏天，你戴着草帽巡山，所有的小动物都跟在你身后奔跑，鸟儿在你头顶鸣叫。

在时光面前，一座山有一座山的骄傲，一株草有一株草的骄傲。人生苦短，你的骄傲比它们更多。

明儿个我们要做一回快乐的山大王，杀一头青山羊，煮一锅黑猪头肉，猪肝猪心猪尾巴；宰一只笨得不识数的草鸡，温一壶热酒，啃煎饼卷咸鱼大葱，再加点辣椒下饭。任外面的世界喧嚣浮躁、争名夺利，山林在古朴的月光下庄重明亮、寂静安详——瞧吧，这是那条通往山顶的路，也是我们兄弟内心连接通往温暖的路。

我想起作家卡夫卡，他说过一句名言："道路是一条绳索。"这条从山上飘下的路是一条绷紧在绳子上的路，它细细长长，紧紧地拴住了兄弟的一生。

一些石头被鞋子磨光

黎明来临，霞光在树梢上升起，像新鲜又好看的绸缎，水汽从沼泽地里冒出来，制造着林中好闻的气息。到处湿漉漉的，草尖上挂满了露珠，被鞋子踢落。他肩扛一支老猎枪，独自一人，还没隐退的星星从树叶间朝他眨眼睛，只有一条大黄狗是他的伙伴。从这一刻起，他开始了护林员的一天。护林员的一天，是用脚步丈量的一天，鞋子磨破了一双又一双，年岁在增，而山上的石头依然坚硬。有一些石头被鞋子磨得又光又亮，在深黑的夜里听得懂他的心事。

空气凛冽，山风呜呜作响。巡山，防火，种植，开垦，给每一棵生长的树木取名字、做标记。美丽的编号从零开始，抵达未知与无限。他痛恨伐木者从后山潜入林间，用一根电锯把未成年的树木拦腰斩断，把他的编号从中隔断，让完美的序列中少了一棵树，就像整齐的队列中少了一个人。山脚下有一条小河，黑心的伐木者趁月黑风高攀上山林，盗伐名贵的树种，伐倒的树木顺河漂走，去赚黑心的钱。

醒来吧，伐木者！

那时候他还小，刚刚从父亲手里接过护林员的接力棒，头一天，父亲带着他巡山，手把手地传授技艺。父亲表情严肃，平时脾气火爆，像山一样沉默寡言，但那一天却滔滔不绝地跟他说了那么多，以至在中午刚刚喝掉了一瓶烈酒的父亲，嘴里很快就没了酒气。它们随话语蒸发掉了，在父亲严肃的表情里融化。

开始，他认真地听着父亲的唠叨，甚至极力压抑着内心的兴奋——他为一个即将存在的事实而兴奋：从这一刻起，他长大了，成了一名国营林场的工人。他在林子里出生，在林子里长大，对山上的一切都是那么熟悉，然而当整座山林从此属于他一个人时，异样的幸福感还是爬上了眉梢。但整整一天结束了，夕阳收工，森林披上了庄重的夜色，他竟然感觉到一种莫名的恐惧注入心头。

站在空荡荡的林间，他有点不寒而栗。

果然，时隔不久，他就和几个伐木者发生了对峙。那几个人是山下村子里的二流子，早早地瞄上了山里的核桃木和榔榆树，但都被他在瞭望哨台上发现。那些人猫着腰出现在望远镜中，个个蹑手蹑脚、贼头贼脑，少年的他不知深浅，提着猎枪就冲了过去。那些阴险狡诈的人支支吾吾，但很快镇定下来，谎称家里有病人，来山上拔点草药，还说与他的父亲是老朋友了，他们没有别的意思。

他挠挠头，明知道其中有猫腻，却又找不到破绽。

后来的冲突，是因为他发现少了三棵皂角树，并且无意中发现了树的去向：被卖到了山里的别墅区，那是城里人的休闲度假地。树身上有他记下的编号，经过打问，很快明了是谁干的了，此后便暗暗地记住了那个偷树的人。终于有一天，他下山到小卖部购买够吃几个月的盐油酱醋，毛巾、牙刷和针线包，很巧合地碰到了那个人。——那个人剃着光头，脖颈绕着一根明晃晃的镀金链子，胳膊上的刺青是一条蟒蛇，背上是一头花豹。兄弟自幼在山上长大，初生牛犊不怕虎，见到那个人像见到了仇人，上去就揪住了那人的衣领子，说："还我的皂角树！"那个人愣怔片刻，凶相毕露，一边破口大骂，一边大声呼喊，很快招来十几个同伙，他们你一拳我一脚，把兄弟打翻在地，打得鼻青脸肿，父亲闻讯后及时赶来，那些人才佯装无事地离开。

从此，兄弟的胸口又多了一道闪电样的疤，红色的伤在皮肉，深深的疼在心里。

伐木者，醒来吧！

如今，多少年过去，他已经成长为一条不折不扣的汉子，名字让盗伐者闻风丧胆。长年的劳作让他体魄强健，他一顿饭能吃下十张麦子面的煎饼，喝三碗野菜粉丝胡辣汤，再吃半盆猪下货和一碗辣椒酱。时常，他正吃着饭，就听到山上有了异常的响声，他抓起三个大包子就朝山顶跑去，那条叫"黑虎"的狗会忠诚地跑到前头。

他能用眼睛看出林子的微小变化，用耳朵分辨出风声、鸟声和锯声，还能在百里之外闻到山火的气味。

时常，他用一只手转动石磨，像转动岁月的唱片，更多的石头被他的鞋子磨光。

山上屋

我要去山上屋看看，听听风吹树叶的响声和泉水流淌的声音。伸出缺乏钙质的手掌，摸一摸树身上的疤痕和泪痕，我要抱住一棵最粗壮的树，贴上滚烫的脸颊，听一听树的心脏在怎样跳动，感应岁月的沧桑、年轮的滚动和青草的呼吸。

我要举着火把，沿着石径和林中空地，一棵树一棵树地寻找，每一棵树都在讲述一个长长的故事；每一棵树的身上，都隐藏着一个神秘的洞穴，里面住着松鼠、山雀子和树懒；而野獾在灌木丛中奔忙穿梭，争食鸟们产下的蛋。

在想象中，林间幽寂，是神灵的居所，鸟鸣四起，氤氲缭绕；是诗人的乌托邦和桃花源，关上木屋的门，就能把烦恼关在时间之外。漫山遍野的杜鹃花在春天叫喊，世界弥漫着树木的清香，风把护林员的消息一点点向外传递。

在想象中，寒冷的冬天大雪封山，白茫茫的积雪铺到山脚下，山下的人们拾柴烧火，守着黑漆漆的锅台动物般度日；孩子们在雪地里追逐嬉戏，钻麦秸垛和空石屋，或者用箩筐去捉雪地上觅食的麻雀。

而事实上，到了山顶后才知道，山上屋并不神秘，用石头垒砌而成的院落干干净净，厨房在东侧，墙洞里供奉着泥塑灶王爷。被烟熏黑的灶台，被火燎暗的岁月。三间北屋中央，供奉着五代先人的画像，他们是兄弟的祖先，一代代的护林人死在山上。屋后的柏树林里，依次排列着爷爷们的坟、奶奶们的坟。将来，父亲也要埋在这里，你也要埋在这里。

我看见坟地里有一排高大的柏树，柏树上的乌鸦鸣哇聒噪，石碑和碎瓦被风吹动，花朵与青草一同环绕着幽静的墓园，壁虎在石缝中躲藏。我知道这些柏树已经生长千年，在它们面前，我如一名无知的幼儿。我向这些伟大的柏树致敬，我向柏树下长眠的人致敬。这时候，我望了一眼兄弟，他黝黑的脸膛汗水流淌，双目炯炯，陷入沉思。恍惚间，我把他看成一脉燃烧的香火，像麦秸草一样明亮，像月光一样忧伤。它还能延续这个护林家族的神话吗？他开始像父亲一样沉默，他今年四十岁，头发里已经有了灰烬的颜色。顺延着乡下的风俗，他早婚早育，在四十岁的年纪女儿就出嫁了，嫁到了山下。小儿子刚满五岁，他不敢断言儿子会继承他的路，有一个和他一样的未来。

他太知道护林人的孤独与凄苦，一个人在山中，一待就是一生。五百元的月薪补贴，仅够买两双鞋子，穿到第二个月上鞋底就穿孔了。十年前的五百元，是个数不完的数字，而现在的五百元，是五张薄薄的纸。

秋天，山上的野果挂满枝头，怎么吃都吃不完，山上不知名的花和植物美到了极致，它们在风中张开嘴巴，似乎想说什么。他把脸贴上去聆听，听了半天才知道它们都不能发出声音，它们永远说不出人的语言。他对五岁的儿子说：儿子，你知道，一个人在林子里转悠，需要和另一个人说说话、拉拉家常。在黄昏，在泉边，在每一株寂寞的山楂树下。——树寂寞了还会开花结果，鸟寂寞了会在枝头歌唱，人寂寞了却只能默默忍受。

儿子，你现在还太小，只知道快乐与玩耍，即便玩耍时不小心被石块绊倒，磕破了额头，也只是哇哇地哭几声，然后继续你的快乐与玩耍。白天你手持弹弓追赶麻雀，夜晚你怀抱木枪含笑睡眠。儿子，你快乐地朝前跑，还不懂得一生的含义。一生就是一辈子，而人，只能活一个一生。死亡如灯灭，人不会有第二个人生。

这幢山上屋，凝聚着众多祖先的魂魄和气息，它们穿越时空，化作山的影子和树的形象，给他的肉体注入能量，在无数风雨交加的天气护佑他平安回家。

太阳落山，昏暗的光线下，他把猎枪放在屋后，一个熟悉的画面让他差点流出眼泪：妻子从山下回来了，一个背影，低着头，刘海颤动，眼睛忽闪，粗粗的辫子乌黑发亮，她正把新劈的木柴填进灶膛。

野蜂和水磨坊的歌

母亲说："三个孩子都生在山上，脐带都是俺自己剪断的，剪了脐带，又拿线绳系上孩子的肚脐，这个孩子就算生完了。如今，大闺女早出嫁了，嫁到了后山；大儿子不想干护林员，到山下开了个木匠铺，做家具，打棺材，早已结婚成家；你兄弟最小，生他时难产，从破羊水到出生，用了整整一天的时间。他爹在一边，插不上手，俺说你把剪子用火烧一烧，再沾上酒精消毒，帮俺把脐带剪了吧。他爹这辈子啊，不怕狼，不惧虎，遇到山贼能追打到一百里地以外，可手拿着剪刀瑟瑟地发抖，全身出汗，一咬牙，一跺脚，就是不敢下剪子。俺就鼓励他，你个笨蛋，大笨蛋，剪呀，快剪呀，闭上眼，咔嚓一下子就成了。他听了俺的话，竟把剪刀扔下，出了门，跑山上转悠去了。俺一个人，剪断了脐带，身子虚脱得翻不过身，血从炕沿流到了地下。后来，俺听说，城里的女人生孩子要提前住进医院，请专门的护理伺候月子，娇贵得这不能动那不敢摸。哎呀呀，俺可没有那样的命，在生产的第二天，俺就下了地，戴上个包头巾，到厨房烧了一锅水，腌了一缸萝卜咸菜，蒸了一笼屉子菜荞馏。"从此，森林里多了一个生灵，像栗子树上多了一片叶子，山顶上多了一颗星，夜夜唱着野蜂和水磨坊的歌。他聪慧、羞涩、内向、善良、多情，像个性情温柔的小姑娘。他一睁眼就看到了泼哧作响的油灯，老鼠从柜子上跳过来偷吃灯油。油灯散发的黑烟呛了老鼠的眼珠子，它伸出爪子挠啊挠。

屋顶黑黑，石板光滑，草在白露里枯萎。他开始蹒跚学步，认识了山草的灰，春天采花的野蜂，夏天夜空的弯月，山中的积水塘。一根草绳挂在门框上燃烧，那是祖父和父亲用长烟杆吸烟的火源。他能准确地在乱石堆中找到一块火镰石，节省下几盒火柴钱。

他知道泉水的路、野蘑菇的集合地、苔藓的秘密住所、松蛾和木耳躲在哪里，他与山鸡和松鼠捉迷藏。一天结束了，他带着一些豆类植物去山下寻找水磨坊。

暴风雪的回忆

雪是从中午下起的，它奶奶个腿的，它老娘个脚的，刚开始天上还有太阳呢，老天爷也时常不着调，挺爱耍弄人的。再聪明的人也不会想到这场雪会下得这么大，一下就是七天七夜。

父亲在树下仰起脸，看到太阳似乎很脏，黄不拉叽地挂在天上，看着看着，突然间就不见了。父亲身边的水杉树，冻在枝上的冰溜子在碎裂，像一只玻璃瓶子在往下掉玻璃碴，还发出阵阵嘎嘎的响声。他意识到风来了，整个森林在颤抖，空气在凝结。山下响起一片狗叫，呜里哇啦，呜里哇啦，像是在撕咬。树干在摇晃，各种声响交替出现，有钻磨的声响，有树枝断裂的声响，有风吹山洞的声响，还有枯草被连根拔起的声响。

巡山回来的父亲又累又饿，脚底站不稳，像是要飞起来，母亲一把将他拉进屋里。哎呀呀，风雪顺着门跟进来，屋顶也跟着刷刷地落尘土。门被吹得叮哐作响，用手根本捉不住它，父亲和母亲齐心协力，拿两根木杠子把门顶上。门仍在响，门外像有一头野猪在拱，拱得人心慌。

风一刮就刹不住车，雪一下就是七天七夜。天浑黄浑黄的，整座山成了冰山。

母亲说："一开始我们躲在屋子里不出门，听着窗外的风呜呜叫，雪顺着门缝钻进来，俺找了一些破棉花头，把门缝和墙缝都塞严，不让风溜进来。那时候孩子还在吃奶，俺点着了柴火，烧热了土炕，又给孩子喂奶。他爹像中了鬼风邪，躺在炕那头一个劲地咳嗽。俺从橱柜里找出自已碾的草药，给他服了下去，他才慢慢消停。不瞒您说，俺在山上待了一辈子，俺是半个大夫哩！那时候山上的条件太差了，人生了病没办法，不能躺炕上等死啊！俺就每天捧着本《本草纲目》对照着找山上的草药给自己治病。俺识不得多少字，可硬是花了几年工夫，把《本草纲目》学了一遍又一遍，背下许多救命的偏方，这可帮了俺的大忙了哟，要不然俺死也有几回了。那一年夏天，俺婆婆还活着，一家人吃完凉面在风凉地里拉呱，婆婆听了笑话就嘎嘎地笑，这一笑不当紧，把个嘴巴子笑掉下来喽！婆婆立马笑不出声了，疼得流眼泪，从嘴里向外吹风，嘟囔着‘这可咋好，这可咋好哩！’他爹要跑到山下叫医生，可上山下山打个来回得两三个钟头，再者说了，黑灯瞎火的谁愿意跟你上山？天黑上山可险着哪，有些山贼趁夜摸黑来伐木，把命搭上了好几条！俺说娘，莫怕，你忍着点儿，俺来给你装上。俺用左手按住婆婆的头，右手托住她的嘴巴子，一用劲，只听‘吧嗒’一声响，俺就把婆婆的嘴巴子挂上了钩！哈哈。

“唉，打岔了，俺接着说那场雪。

“——大雪在第八天上停下来，雪厚得像一面墙，有两个人接起来那么高，刀子一样的山风生生地剜碎了人的心，大雪像一张布告严实地封住院门，全家人使出吃奶的力气都推不开。

“大雪彻底隔绝了下山的路，我们在第十天上断了粮，吃掉了最后一张煎饼和最后一块地瓜。米缸空空，菜窨结冰，除了雪，山上能吃的东西都被吃得精光：榆树的皮，茅草的根，石碾下漏落的玉米粒和豆角秧。眼前是白茫茫的雪，看不见山下的村庄和人影、牛车和木桩。

“我们知道，最艰难的日子已经开始。它们比碾盘沉重，像一页厚厚的日历，很难掀过去。孩子们开始陆续生病，闺女发起了高烧，大小子拉不出屎蛋，你兄弟出了一身红麻疹。

“祸不单行，要血命的事件也接连发生：一天早晨，天色还灰蒙蒙的，俺被门外一阵乱哄哄的声音吵醒，俺一听别提多激动啦，以为是山下的救援来了呢——只听见门外有人在嘎嘎地笑，像死去多年的二姑的笑，像北坡的光棍汉子李大裤衩子的笑。过了一会儿，又听见有人在呜呜地哭，像死去多年的王寡妇夜里的哭，像那年南洼里张铁匠遭火灾后的哭：呜里哇啦，呜里哇啦，呜里哇啦。

“这时候，他爹的一句话提醒了俺：‘是狼群！’

“他爹说完这句话，全家人的脸都变了色，眼前一片漆黑，紧接着是孩子们在炕头上哭起来。天啊天啊，要血命了哟。你想啊，遇到这么大的暴风雪，狼也饿得没食了！它们嗅觉灵敏，顺着人的呼吸就能走上门来。哪怕你躲在地下、埋在雪里，只要还有一丝呼吸，狼也能找到。俺急忙给菩萨上香，可火柴潮湿得擦不出火，用掉了整整一盒火柴也没顶用，最后总算用火镰石打着了火。俺就给菩萨像扑通跪下，说：大慈大悲的菩萨啊，求求您保佑俺的孩子不让饿狼给吃了，从清朝嘉庆年间起，俺一家人就在这山上护林了，俺世世代代都在这里护林看山，每天祭拜山神，俺一家老小没做过一件坏事，平日里积德行善，眼不红，心不亏，心术正，气也顺，俺爱惜自个儿，也顾及别人。——大慈大悲的菩萨啊，如果您觉着俺不中用了，就让饿狼把俺吃了吧，求求您，把俺这三个没成年的孩子留下……让他们顺利地长大，好继续看山护林，为民造福荫，为国家效力，让这山结结实实，让这树高耸云天，让大雪融化，让太阳出来，让山下的人送来食物，保住俺全家老小的命。

“俺磕头作揖地求菩萨，眼泪流了足足半脸盆。他爹过来拉起了我，轻描淡写地说：‘别哭诉啦，人家走了，是一群义狼！’他爹朝手上哈口气，又说，‘狼也知道远亲不如近邻哩。’

“后来，俺提着心尖尖出门，在雪窝里看到一片狼蹄子印。鸡窝里的鸡好好的，那头黑猪还在猪圈里睡觉。这些个畜生，原指望凭它们卖钱换粮，换回一些山下的物品。后来，我们攒了些力气，宰了鸡，杀了猪，度过了雪灾的难关。”

母亲说，平日里，在山路上遇到狼是件很平常的事，她多次与一只狼擦肩而过，狼不会主动袭击人。在那一刻，哪怕你心里很惧怕，也不要表露出来，最好的办法是你装着没看到它，淡定地离开。如果你慌张地逃跑，狼就会追上去，把你扑倒。

春天的大红盖头

“春天里，百花香，柳妮被俺娶到了高山上；高高的树，陡峭的岭，柳妮要跟俺过暖暖的一生。”

那一年，山脚下的路边开满了花，雨蒙蒙的气息从深土里钻出来，空气中游荡着刺鼻子的树根味。

黑犍子牛拉着一辆白蜡材质的木轮车，车上坐着黑黑的柳妮。黑黑的柳妮呀，有一双黑黑的眼睛，头顶上的红盖头像火苗一样耀眼地燃烧。

春天山中的夜里，游荡着暗色的气流，有一股烙饼的香味吹进了鼻孔。黑黑的夜里，伸手不见五指的短长，俺听到一些动物在深草和树洞里翻身咳嗽，啄食松果，石头在空气中噼噼啪啪地开花。

兄弟说，那一年，电还没通到山上，走夜路时很容易一脚踩空。我背着一袋粮食上山，被夜游的恶鸟抓了一下脸，就这样，俺一脚踩到了谷溪下。俺躺在谷底看星星，流水潺潺溅湿了俺的衣裳。俺昏迷中感觉有一只黑熊在舔俺的脸，事后知道是被爹和大哥抬到了镇上的卫生院。那时候柳妮才十七岁，辍了学，在卫生院做临时护士，这注定了我们今生的缘分和相识。哥，你说说，人世间的事情奇怪不奇怪，为什么有些事情看起来是个天大的坏事，而到最后却变成了好事？比如我和柳妮，假如俺不受伤住进卫生院，她怎么能成为俺的媳妇？她怎么会心甘情愿地一辈子陪俺在山上受穷？这难道就是佛家经书上说的缘分？要不然，还真不好解释哩。

几年里，有多少媒婆带着山下的姑娘来到山上，俺陪着她们聊天，做最好的饭菜，满足她们对山上生活的各种好奇心，她们说说笑笑，指着核桃树问这问那，指着栀子花说出心里的欢喜。但最终，没有一个姑娘愿意留下。她们怕山上的野兽，怕山上的黑咕隆咚，看不到电视，更没有电脑上网的线……各种现成的理由有一大堆，说白了其实就一条，她们忍受不了山上漫长的寂寞。这寂寞不是一个月，也不是一年两年，而是整整一生。

俺知道，外面的世界多热闹啊，咱远处不说了，单说这山上山下，就是冰火两重天，俺的同学有的开矿，有的养鱼养蚕，有的进了外企，有的靠贩运物流成了腰缠几千万的老板，最不济也去城里打工，一个月能赚到俺半年的钱。整个向阳中学，就俺一个人每天像小耗子一样守望着一片山林，像一块沉默的石头，我是这山林的一部分，是它的影子和骨头。闲暇里，我蹲在山坡上抽苦闷的烟，喝一瓶烈性白酒，嘴里都感觉不到一丝辣味。

现在好了，有了柳妮，俺的心一下子踏实了。

天呐，恋爱真好哩！平日里俺一见到山下的女生就发烧脸红，柳妮是头一个挨着俺走路最近的女生，俺带着她逛遍了林中的角角落落，几乎肩膀擦着肩膀，手指头碰着手指头，那感觉真是奇妙无比呀！

那一天，俺带着柳妮在林子里走啊走，大大的林子仿佛走不到边。满地都是野花和绿草，蜜蜂嘤嘤地围着我们飞，山中的溪水在哗哗地流，树上的叶子好像一瞬间就绿了。山上的一切都是有灵性的，泉水猜到了俺心里的活动，它会绕开那些荆棘丛和乱石块，俺走哪里它就跟到哪里，活泼泼的水流像一匹小马，撒着欢儿向前奔跑，里面映着我和柳妮并肩散步的倒影。那一刻，俺心里头那个美哟，感觉自己像个王子呢，而柳妮就是电影里的那个高贵的公主。太阳落山，黄昏来临，林子里升起浓重的水气，我们在一片空地上点燃篝火，一边品尝野兔的肉，一边享受着爱情的甜蜜。

俺带着柳妮，去坟地认祖归宗，给祖宗送去在阴间永远花不完的纸钱；俺领着她熟悉前山和后山的路，认识毛栗子和银杏的叶子，记住天竺葵和木槿的花期；俺没钱买城里人时兴的订婚金戒指，只送给她一把屋门的黄铜钥匙。

过了四月，山上的积雪彻底地融化了，清濛山顶露出绿色的笑容。柳妮坐上一顶大红花轿，被吹吹打打地抬上了山，在一朵红红的烛影里，做了俺娇羞的新娘。

大喜的日子，山上山下都聚满了人，热闹得像是一家子人。这情景俺只在山里的集市上见过，在电影电视里见过。爆竹声里，人们抬着吉祥如意的匾，担着十几屉食盒和几坛酒，扛着拔光毛的猪头、牛头和羊头，举着庆贺的对联，敲锣打鼓，撒下一路的大红喜帖。

松树课

我们早早地起好了名字：女儿叫云，儿子叫根。我们的孩子就要出生，到人间来上一堂松树课。他们人生的第一份玩具，注定是一片树叶或一只核桃。

从此，柳妮在清晨为我打开柴门，迎面扑来的林间香气让我头晕，离开温暖的巢、枕边的气味、被子的体温，我必须沐浴着八点半钟的阳光准时出门。春天的早晨，我是被各种声音吵醒的，山雀子的声音婉转动听，啄木鸟“梆梆”地敲打着树干，有时一只动物和另一只动物在追逐嬉戏和吵闹。

在深深的雨夜，风吹着沙沙的树叶，似乎山上厮杀着千军万马。我从床上一激灵醒来，叫醒睡熟的柳妮，披上一件父亲留下的蓑衣，提着一盏防风马灯，一走就是两三个钟头，几十里山路被抛在身后。我看见柳妮的衣裳被雨水打湿，我的双脚沾满了泥浆，泥水印下一对相爱的脚窝。我们日子的颜色朴素单纯，没有争吵，没有嫉妒，没有世间的争风吃醋，平静得像石头掉进了夜里。

到了夏天，森林里挂满亮晶晶的雨珠，蜘蛛在阳光下忙碌着织网，我们满耳朵都是蛙声，水蟑螂在树身上爬行，天牛虫在草间不停地铡掉植物多余的枝蔓。有一段，柳妮回娘家到山下去了，她有点害怕蛇，还有点讨厌夏天山上的蚊虫，还有点想那个窗棂上贴了剪纸的家。

那时候父亲和母亲已经搬到山下，他们在山上劳作了一生，落下一身的病，父亲患了中风已经瘫痪；而母亲，生了很严重的关节炎。山上虽然有山上的好，但从前没有通电，晚上到处黑咕隆咚，湿气还像毒蛇一样侵入了他们的身体。

柳妮走后，我每天早早醒来，到山尖上看夏季的日出，回来的路上打一篮草，喂饱栅栏里的山羊。暴雨过后，阳光及时出来，天蓝得像一块青花布，山头被洗亮，石头洁净圆润，火炬树结出了簇簇红穗头，树下的芝麻开出了新花。每天，我收拾屋子，晾晒潮湿的被子，晾晒捂了一冬的粮食。我一边默默地做着这些，一边回忆一些往事，想着想着，眼前就浮现出一些画面，眼里就不由自主地有了泪花。

这一天，我正回忆着往事，柳妮回来了。从山下到山上，她已经成为一个真正的女人，历练着人生的风霜雨雪。她已经幸福地怀孕，即将成为一个未来护林人的母亲。

秋天是山中最惬意的日子：树上缀满了熟透的果实，轻轻一晃就落满山坡。大地上的颜色层次分明，姹紫嫣红。丰收的喜讯传遍山下，一个热闹的季节已经开始，采摘果实的人们聚焦到山脚下，丰收的果实装满了马车、牛车和毛驴车，人们心满意足，在收获的季节品尝欢乐的时光，蛐蛐的叫声里，藏着秋天的瓮，一切幸福的秘密和妖娆。

我看到一车车的苹果、核桃和板栗被运下山去。

当冬天来临，我们的孩子已经出生。她出生的那一刻，下了一天的雪突然停了，太阳很及时地出来，照着山上屋屋顶上忙碌的烟囱。接生婆从前一晚就开始忙碌，我们的女儿在林间的早晨出生。属于她的一生已经开始，而我注定与山体一同老去，山上每一个生动的画面和细节，被刀子镌刻过的岩石，淬火的时光，树根一样嵌进记忆，但我注定带不走它们。

——哦！我的儿女们啊，他们受神灵的派遣降临清濛山，一睁眼看见了什么？那注定是一株高高的树，它参天入云，树身上写满了风留下的字，枝头缀满了坚实饱满的果实。

我在小屋门外来回徘徊，等待妻子疼痛的分娩。当听到嘹亮的啼哭声，母亲走出来，手里拿着沾着血的剪刀让我端热水，我泪流满面。在那一刻，我的人生在承受碎裂，一盏小小的松油灯在心口窝旁边点燃。

于是，我坐下来，让泪水缓缓流淌，去与另一滴泪水汇合。

海边炉火

在轮下

我忆起海边的炉火，隐隐燃烧的木炭，楼道里响起的脚步声，以及黑漆漆的门廊外简陋的报箱，佝偻的身影，咳嗽的声音，地上的纸屑。那是二十年前的事情了，那些悲喜交加的日子被我珍藏至今，就像一本书，一闲下来就忍不住读上几页。时间是十一月，阳光被风吹得很无力，像无数悬挂在树枝上的紫藤花，垂下季节哀伤的眼睑。公路两旁的白杨树收缩了孔雀般的羽翎，露出客栈的木窗棂。

我拥有一个文艺青年的时髦身份，在疯狂写作散文诗，有许多诗稿都是在会议上、酒桌上甚至大街上写就的，常常一写一个通宵，第二天，我把写好的诗稿工整地誊写在带格子的稿纸上，到镇上的邮局，投寄给远方神圣的殿堂——文学杂志。后面的日子就会极其难熬，每天都在忐忑中度过，期待的焦灼感撕扯着我，自此连一个字也写不下去。直到杂志社那边的消息来了，不管消息好坏，都能让我恢复平静，很快开始酝酿新的篇章。后来，我意识到这是一个坏习惯，就说服自己改掉，并听从恩师的教诲：每写完一篇东西，不要急于寄出去，在抽屉里放一放，赶快写新的，当新作完成了，再回头修改旧作。事实证明，这个办法很灵验，它不但按捺住了我那颗急于求成的骚动之心，还让我训练出一门超常技艺——能在瞬间关闭自己的听觉和感觉系统，迅速进入另一个冥想的世界，那个世界浪漫温馨、柔软而生动，与乏味的现实筑起一道高墙。那时候，我可以在厨房一边做饭一边写作，可以在会议室、厕所和候车厅，甚至是在喧闹的街头，身体倚住一面墙壁，支起一条腿就能进入快乐的写作。如今，谁能做到对纷乱的人流视而不见？

我的读书量极其有限，鉴赏水平也处于低幼的层面，尤其是书读得芜杂，对经典名著也没有格外的耐心，感觉吃力，或者读不出“好”在哪里。尽管买书的习惯在少年时代就已养成，在小城里，我属于书店的常客，但一度我把买来的书随手送人，错误地以为一本书读过了就会装在脑子里记牢，可时间一久，读过的书内容被淡忘，想要查找核实时，书已不存。在我的单身宿舍里，写字桌上永远有一排整齐的书籍，一摞稿纸和一支笔。直到有一天，我到省城拜访一位响当当的小说家，他在家中请我吃饭——餐桌上摆放着一竹筐大包子，羊肉胡萝卜馅的，每个热腾腾的包子上面都沾有一片散发着清香的老玉米皮。这是典型的胶东吃法，让我感觉餐桌上萦绕着一股田园气息。饭后，他引领我参观他幽暗密室般的书房。随着一道光线铺开，我当即震惊：占据了三面墙壁的书架，直直地通到屋顶，满满一屋子的书……这是书的海洋，除了书，你看不到其他，我在瞬间陷入一种虚幻状态，意识到自己的渺小。他送给我一册自己新出版的书，并郑重地签上名，见我的目光始终不肯移开浩瀚的书架，似乎是看透了我的心思，嘟哝道：“书可不能随便送人啊，送出去就再难买到了。”

听了他的话，我感到脸上微微发烧，心里咯噔一声，被什么狠揪了一下。在从济南回来的路上，我反复思忖着这句话，从此改变了随便赠书于人的坏习惯。我在想：人活着时遇到一个什么人，听到一句貌似平常的话，都是多么重要，都会让你在瞬间想到改变早已熟稔的生活，这空洞而乏味的生活。

雾蒙蒙的冬季，满眼都是被人踩脏的雪、地面上扔弃的纸屑、随地卷起的阵风，以及从光秃枝条上散落一地的叶片。像空空的鸟巢，我的生活充满了文艺气质：一个接一个的聚会，小合唱，诗朗诵，笔记本，文学社……白天萧瑟的树影，夜晚满天的繁星，还有一次感伤而短命的爱情——她黑夜中眨动的眼睛，从蓝色毛衣里散发出阵阵温暖和清香。呵，爱情！那个在城外小河融化之后的夜晚，那个空气里散发着迎春花淡淡香气的夜晚，在被木篱笆围拢而起的院门前，她从自行车的后座上跳下来，忽闪着大眼睛，方格子布裙是暗色的，瘦削的肩膀靠向篱笆。

难忘文学社聚会的情景：光线昏暗的街头，摇晃的大客车，贴有标语的站牌，脖子上的围巾，乱糟糟的头发……每个人的口腔里都呼吐着寒气，怀里揣着一摞诗稿，在差不多的时间里到达一个朋友的单身宿舍。我们像被注射了时代的强心剂，兴奋地喊叫，爆发争论时掀翻桌椅。这似乎从一开始就注定了它的波折与短寿。果然，在冬天快结束时，聚会被一纸“莫须有”的通知禁止，面临要么解散、要么离开的局面。社长像北岛一样瘦削，长着一头自来卷发，我们经常嘲笑他的头发“上下不分”，他正在狂热追求一位写诗的女孩。他手持通知，气得破口大骂，但又无可奈何，文学社的十二名成员面面相觑，没有人搭腔。一帮年轻人，手无寸铁。后来，有个叫郑小文的社员自愿献出自家无用的空房给文学社，但房子地理位置偏僻而隐蔽，在一个高高的山坡上。因为不通车，以后的聚会就都改骑单车。周末黄昏的色调里，掺杂了鬼魅，当三三两两的文学社成员相约而至，那情景会让人想起老电影中遥远的革命时代，浪漫又好玩。有个大学哲学系毕业的家伙是个怪人，一年四季都戴着一顶鸭舌帽，恰似电影中某个为信仰而光荣牺牲的配角。

那些年，我总是在路上，挎包里装着一册黑塞的《在轮下》，那件穿了多年的牛仔裤被洗得发白，忧伤的目光盯着道路两边萧瑟的枯木，天空翻飞着鸟翅，满眼都是肮脏的积雪。大地上有半截发呆伫立的木桩，天渐渐黑下来，当穿越一段铁路时，我听到刺耳的汽笛被拉响，轰鸣声接踵而至，脚下掠过一阵钢轨与车轮交错摩擦的震颤。

礁石

恩师在信中说：“你来吧，这个季节海边清静，我们一起散散步。”

在接到信的第二天，我就登上了开往海滨的火车，那是一辆破旧得像老牛一样不停喘息的绿皮火车，济南至青岛，只不过我是从一个叫辛店的小火车站上的车，高耸入云的烟囱把屋顶上空撒得到处都是煤灰。如今，那个小火车站已经荡然无存，成了轰轰烈烈的城市扩建运动的牺牲品，取而代之的是一片商铺。二十世纪八十年代初冬的车厢里，乘客构成复杂，无法分类，除了人，还有鸡鸭鱼鹅，一同制造和布置着属于那个年代的小环境。那时候，居然允许在车厢内吸烟，车窗也可以自由打开一条缝隙，让飕飕的风吹进来。好在多年来的奔波经历让我学会了一身超常的本领，可以在瞬间关闭自己对周围的听觉，陷入一个全封闭的世界。

每次乘火车外出，我都喜欢坐在靠窗口的位置，坚硬的车厢给我坚硬的依赖感。我的思绪是恍惚和茫然的，甚至连眼神都是呆滞的，一会儿盯向桌上微微抖动的茶杯，一会儿又把目光投向窗外的旷野：土黄色的村庄，空地上的柴草垛，收割后荒凉的田野，蜿蜒起伏的沟壑，一掠而过的冬林……旧火车从小城到海滨行程六个小时，足以让我完成对未来的设计和冥想——我是那么喜爱乡野中的景物，每一片道路上的水洼都楚楚动人、诗意盎然，像镜子反射露珠与太阳的光芒。火车在哐哐行进，天边的乌云低垂，似乎在酝酿一场暴风雪。而海边的屋舍里，在眼前幻化出一组蒙太奇，有安详的老人，有事关哲学与艺术的话题，有果酱、面包和红酒的香气，有冉冉升起的炉火。

然而现实，其实远没有想象中的美妙，他瘦小、多病、敏感，有点怯懦，遇到点小事情就会连续几夜失眠，仿佛厄运又要降临，尤其让人心动的是，他贫穷。

第一次与恩师见面，是1986年春天——那个樱花街醉醺醺的花丛中飞满金色蜜蜂的春天！那一年，恩师五十七岁，我二十岁。我们已经有三年多的通信友谊，地道的忘年交。现在的人们，这个年龄差无论如何都难产生真正的友谊，我们算不算是一个奇迹？相见的机缘，是一次规模不大的发奖会，我的一首叫《邮寄》的诗歌在省报举办的诗歌大赛中获了奖，尽管是三等奖，却足以令我兴奋不已。那是我的“作品”第一次得到社会的认可，那个年代的奖项多么干净和公正！远不像现在这样充满了交易、苟且与铜臭。当时，我刚刚结束了小城广播电台的编辑工作，来到鲁中一个陌生的城市，在距离上与恩师近了许多。我告别了一段流浪生涯，小城闭塞落后的生活，人们陈腐的观念，低格调的审美趣味，自私丑陋的人性，满天撒播的流言，我已经不想回忆。而恩师大概还不知晓这一变化，我暗暗得意，为能当面把这个消息告诉他而感到快乐。

写到这里，有一个小插曲不得不说：因为与恩师从未见过面，我对他的体貌特征并不熟悉，在三年多频繁的通信中，恩师曾经寄给我一张坐在海边礁石上的黑白照片，他双手托住膝盖，侧脸面向海洋，散发着温和的气息，在他头顶上方，有一只海鸥被摄入镜头。除了照片，他还寄给我一些剪报，是一些他发表过的旧作。在与恩师通信的美妙时光中，为了表达内心的一份情愫，我曾经在新年前夕寄给他一册年历，是从书店特意挑选的俄国风景油画，这就是那个年代奢侈的礼物了。会前，我在信中告诉他开会的时间，他回信详细打听在哪家宾馆，说届时到会上找我。但开会那天，令人尴尬的一幕还是出现：在开幕仪式上，当一个瘦削老者在众人的簇拥下进入会场，大家都起身鼓掌，我以为是他来了，只见此人目光炯炯有神，一头浓密飞扬的激情长发，极具诗人气度，他和大家一一握手，当走到我眼前时我很激动，紧紧地握住那双手，说话结巴，那个人在瞬间感到异样，小声地问我是谁，我告诉他名字，他听后略略一愣，似乎是在大脑中飞快地检索，表情很快恢复了礼节性的陌生，目光里的火焰渐次熄灭，他点点头，把手松开。“恩师”没有我想象中的热情，这出乎我的意料，令我大失所望，我几乎是颓丧地坐下来，整颗心被失落占据。误会很快消除，当天晚上，恩师的“真身”来看我了，而那位长相与之相似的老者，是北京《诗刊》社的一位名编，一位风头正健的诗人——2009 年 3 月，我去鲁院进修，刚一落脚，有个朋友即打来电话安排接风，并约来许多诗坛前辈，其中就有那位外形似恩师的名编（但气质完全不同）。他已经退休多年，头发变得雪白，脸上也出现虚肿，有树枝般的细小血筋蜿蜒呈现两腮。听说他嗜酒如命，沾酒必醉。那天晚上，他果然醉了，被朋友搀扶着上了一辆出租车。目睹到一个诗人的衰老、孤独无奈的晚境，我想哭。席间，说起那桩陈年旧事，诗人已经不记得了。

那一晚，我挽着恩师的胳膊，穿越玉兰树开花的街道、长有高大水杉的树林，城市幽暗的灯光泼洒在我们身上，远处有公交车奔波忙碌的声音。这个陌生的亲人终于以近距离的方式出现了，我的内心洋溢着滚烫生动的幸福感。恩师的话语亲切温婉，口音里夹杂着苏南水乡的柔软，他向我讲述苦难的过往、人生的遭遇、美好的片段……虽然韶华已逝，但他雄心犹在，近乎渴求地描绘着未来的蓝图。空气中始终流动着兴奋不已的情绪，晴朗的夜空也十分配合地完成着这次美好的相见。当时，恩师的家还在鲁迅公园附近的一片杂居区内，旧房子不足三十平方米，骑楼格局，没有院子。海边的夏季本来就潮湿，那幢房子还时常漏雨，制造着更加慌乱的窘迫。我至今记得，房间里光线灰暗，有点像摄影师的作坊，炉灶、厨具与卧床摆放一处，中间隔离着一道布帘，帘外摆放一张小小的餐桌，旁边有一个简易木马扎。我的恩师，就是在那样的餐桌上进行写作。他的名字就是从那张餐桌上起步，飞向了全国。

后来，我们来到海边，沿着海岸线走出好远。春天的海风还有些凉意，吹着他瘦削的肩膀，浪花在耳畔哗哗有声。远远看上去，他的身影像一块仙风道骨的礁石。

茉莉

她的头发密扎扎的，似乎是天然的亚麻色，光洁饱满的额头，下面是两道细弯的柳眉，眼睛又大又亮，眼皮竟然是多层次的，似乎在与人进行一个小小的迷藏，不时翻动一下，再翻动一下。她独自坐在角落里一言不发，表情冷傲而淡然，似乎不卑不亢地观察他人的蹩脚表演，把犀利的机锋有意隐匿。长相酷似北岛的社长起身走过去，递给她一支香烟，用打火机帮她点烟。她礼貌地微笑点头，生活中早已习惯了男生的殷勤示好，像传递而至的接力，旁若无人地让香烟在自己手里完成燃烧。她吸烟的姿势优雅，高深莫测，两根夹住香烟的手指那么纤细，指甲上闪烁的蔻丹在微火中明灭，只不经意间发出一声轻咳，随手将烟灰弹落在烟缸。这是她头一次参加聚会，众人貌似漫不经心，却又从未将她的存在忽略，她带去的一个满脸雀斑的娇小同伴成了左拉笔下的陪衬人。总之，那一晚上她所有的表现，都令我着迷。

事后，她告诉我，整个晚上她根本没有听懂那些貌似深奥侃侃而谈的发言，什么“非非主义”“莽汉派”“撒娇派”，什么“这思维那思维”，故作高深的词汇一大堆，有什么意义呢？矫情得很，做作得很。真正优秀的诗歌只有两个字：“朴素”。——“能让人产生共鸣。”她又认真地加了一句。这两条对艺术的鉴赏标准至今适用，只是我怀疑这并非她的原创，极有可能——是的，极有可能是她从大学讲座中获取的二手资料。

令我略微吃惊的是，那一晚，竟然是她生平第一次吸烟，她说：“真不好意思。这么呛人的东西，你们男人竟然爱不释手，我以后再也不吸了。”

我当即表示怀疑，因为那吸烟的动作太过熟练。但在此后的交往中，我果然没有看到她再吸烟，她吸烟时的出色表现纯属天赋。自那以后，我开始相信，世界上有一种人具有无师自通的领悟力。

有一次，出于男人虚荣的较劲心理，我将吸了半支的香烟硬放在她唇边，被她侧身躲闪，样子像躲避瘟疫。我故意逗她。她用手驱赶袅袅的烟子，轻轻地说了一声“讨厌”。我知道，如果继续劝下去，她就会真的生气，整个晚上都不理我，搞得气氛尴尬而扫兴。这种时候，就算使出浑身解数，也不会奏效，甚至是越哄越麻烦。文学社那位鸭舌帽哲学家告诉我，这是天下美女的通病，全世界都适用，因为她们被人宠坏了，一句话不对心思，就会大动干戈地使性子发脾气。苍天作证，这是我平生头一次近距离接触异性！像一头初生的牛犊，浪得了挟持虎胆的虚名，遇事后却根本不懂得如何处理和应对，万般无奈之下只好向哲学家取经。哲学家果然老到，说：“将欲取之，必先予之。”我不解其中风情，问：“什么意思？”哲学家说：“如果你想得到她，就要舍得豁出血本……”我顿然开悟，又面露难色。晚上，我面朝天花板，粗略算了一下自己的“家底”，不由陷入深深的沮丧——在这个世界上，除了自己的一条命，我简直一无所有——对了，有一辆骑了一年多的飞鸽牌自行车，是父母给我的调动工作转换新职位的贺礼；还有一台海鸥牌相机，是从济南一位在铁路上工作的朋友处借来拍雪景用的……嗯，就这么着！在天快亮的时候，我终于有了主意，决定把抽屉里那台借来的相机作为她二十岁的生日礼物。只好这样了。

阴雨过后，天空架起绚丽的七彩虹桥，这一招果然灵验。但她永远也不会想到，她如一首忧伤朦胧诗的男友，会因为一台相机给自己的生活埋下了多么大的隐患，面对怎样的尴尬和压力。最终，我被铁路上的朋友前来催债，追得屁滚尿流，自己平时擅长编故事的本领竟然用不上，连谎都撒不囫囵，只好乖乖地到血站撸开衣袖，卖了400CC血浆。我原本打算卖600CC，因为我身上向来不缺血，缺的是钱；但血站工作人员说一次只能抽400CC血浆，这是规定。如果来卖血的人都要抽600CC血，血库会存不下，血浆会像葡萄酒一样溢出来，洒得满地都是。他们这样解释。那就只好按规定来了，好歹算是还上了这笔相机的债务，与朋友的友谊也因此宣告破裂，再难修复。通过这件事，我体会到物质的重要，用卖血的方式领略了马克思的伟大学说。

生日过后，我们的关系有了进展，从最初的拉手散步发展到接吻拥抱，但对那个实质性的区域却始终不敢触碰。

有了亲吻的秘密，舌尖的火焰融化了一切，也融化了郊区的小河，田野上的谷草垛，农场里空寂无人的护林小屋，那里是我们频繁幽会的场所。世界陷入黑暗，只有彼此的目光闪亮如星，在心壁上摩擦出麻飕飕的交流电。更加奇怪的是，似乎我们走到哪里，美的气息就跟随到哪里，哪怕身边是腐烂的土质、飞扬的草屑、流浪狗屙下的粪便……我们是如此年轻，巨大的能量胜过一百台内燃机，可以让废墟上开出鲜艳的罂粟。呵，这肆意生长的爱情，如一场大火就要烧毁整个山林，还能有什么力量将它扑灭？我们在称呼上改口，省略了父母赠予各自俗不可耐的名字，我叫她“茉莉”。下雪了，我给她打电话，“嘿，茉莉，我们去打雪仗吧！”

落叶

一个闪亮的深秋降临，草籽成熟，大地上酒香回荡，好消息伴随着一场绵绵细雨，打蔫了公路两侧一周前还葱茏茂盛的桉树和法桐，弄得满地都是金色落叶。我一夜未眠，静静地谛听窗外运货的卡车声，直到天近黎明，才有困意袭来，倒在枕头上打了一个小盹。很快天亮了，我起床，到卫生间洗脸刷牙。雨停风住，我住的院子里布满了落英，一场秋雨一场寒，紧接着是又一个冬天。但眼下的秋天注定要被牢牢记住，这是因为恩师要从海滨赶来鲁中的城市看我了。

为迎接恩师的到来，白天我已经约好鸭舌帽哲学家，还有另两名文学社成员，大家对恩师来后的活动进行了具体的分工和安排。我们上午十点钟到火车站接站，茉莉特意从花店买了一束鲜花，有剑兰、玫瑰、百合和康乃馨。恩师乘坐的是一列笨重喘息的绿皮火车，比普通快车慢了整整两个小时。他舍不得买卧铺，坐了一路硬座，毕竟他已是六十岁的老人，由于又累又困，在打瞌睡时折断了一根眼镜腿，一位好心的乘务员帮他找了一块白胶布，粘住了断裂的塑料眼镜。一路上，他没有吃任何东西，喝了满满七大杯温开水，这让他跑了好几趟厕所。

至今难忘恩师从车站的栅栏门走出的情景，秋阳的光线照耀在他多皱的脸上，他远远地朝我挥手，似乎一夜的劳顿一扫而光，嘴唇像孩子一样微微抿起，整张脸上布满了温暖的笑意——是的，我记住了，雨后，车站，人群，过客，瘦弱的身影，残缺的眼镜……他走来，步履轻盈灵动，远远地张开浪漫的双臂。那一刻，天色陡然暗下，打了一道闪电。

为了这次出行，他还特意买了一件西装，穿在身上果然有几分“大作家”的模样。我们一路说笑，乘车赶往宾馆。哦，欢乐的青春，闪亮的深秋，闪亮的日子。

一个记忆镜头：收到恩师来信以后，我向单位打了一个接待报告，说我的恩师如何“著名”，有一大堆“光环”和“头衔”，他的来临会让整个城市增添荣耀。这是世俗的规则，我必须适应遵守，以换取五斗米的利益。这么着，单位在宾馆为他安排了一个小套间，算是“教授级”的待遇。因为是淡季，整个宾馆里没有多少客人。恩师住进去后，十分不安，不停地跟我唠叨：“怎么这样安排呢？我一个人怎么可以住这么浪费的房间呢？”我向他解释，说客随主便，是公家的安排，但他忐忑了一晚。一直到第二天，我去陪他吃早餐，他仍在喋喋不休：“能不能……换个房间？”我当即就“火”了，似乎火气噌的一下就蹿上来，用一句话顶撞过去，像泼出去的脏水。恩师眨眨眼，自尊心受到伤害，顿时表情尴尬而难看，他自然也是不会掩饰心情的人，一度要离开。我又道歉，好言相劝，他才安下心住了几天。现在，我已经记不清是用了一句什么话刺激了他，反正那句话很粗暴，让我懊悔至今。那些年，做过不少幼稚的事情，说过不少口无遮拦的无知话，像刀子一样，伤过不少亲人朋友的心，我懊悔至今。

剔除这个小插曲，还是快乐居多。为期一周的时光中，恩师为我们的文学社授课，把自己积累多年的写作经验教给大家，他还挑选出一批稿件，打算带回去在杂志上发表。发表！在当时是件多么神圣的事，人们对铅字的崇拜远胜于无耻的金钱。记得我们到郊外散步，远远地看到一片工业区里的储油罐，他问我：“这是什么意象？”我说：“粮囤。”他说：“不，是‘银色的坟’。”我当即表示惊叹。在走到荒地上一株孤树边的时候，他突然一脸坏笑，表情神秘地问：“那个在车站献花的女孩，长着一双漂亮的大眼睛，是不是你的女朋友？”我的脸上一阵发热，未置可否。事实上，我与茉莉的关系已经走到尽头，频繁的性格冲突与战争折磨得人心力交瘁。尽管秋天来临，我们迎来的却不是一场喜悦的收割，而是一片田地受灾后的荒芜。白骨森森，夜里，只要我一睁眼，就能看到爱情的狰狞面貌。

恩师，我难言的苦衷，用怎样的方式才能向你平静地描述与倾吐？既然依照我的年龄和人生经验都不能，那就让它们永远埋葬。

珍珠

伟大的时间总是不停地给人类制造缺损与困境，让心灵注定在悖论中永远撕扯纠缠不清，一边是精神世界的张扬独立不可侵犯，一边是世俗欲望的贪婪深渊和无底诱惑。但是，在喧嚣无解人人自危、以锐不可当之势通往死亡的浩荡洪流中，又有几人能够做到真正的决绝与超脱？那一天，除了爱情，我无法向恩师传达更多的困惑，以使他无端地增添局外人的负累。在这个黑暗与光明、粗鄙与优雅并行飞翔的世界上，他已经承受太多，上帝对他的考验，用了近乎残忍的方式，下起手来可谓毫不客气。

当恩师看到文学社“一派繁荣”，以为文学的薪火正熊熊燃烧，孩子们会从他们那一代人手中毫不犹豫地接过艺术的接力棒。他所不知道的是，此时的文学社正面临各种危机：三年多的交流和活动，留下了几期油印刊物，还留下许多撞击的裂痕。成员几经更迭，最初的热情钝化消退，像玫瑰或刺猬，在对自身环境谙熟后张开了原本收拢着的刺。文艺青年的个性，其实是一把双刃剑，总是在刺中对方的命门之后以为取得胜利，尚还来不及转身，自己却已轰然倒地。在僵持的状态下，虚荣与自尊占据了上风，谁都不肯做那个放下长矛与盔甲的绅士。像一辆辆被妖魔挟持了的战车，人们注定要逃离悲哀的人性局限，虚荣、嫉妒、为一点小名利争风吃醋最终导致文学社不欢而散。

在恩师到来之前，各种不祥的征兆已经浮出水面：命运的幸运儿郑小文，因为莫名其妙地冒出一个失踪多年的叔叔，继承了一笔海外遗产，宣布放弃写作，到异国他乡去接管叔叔留下的公司，走前收走了房子的钥匙——后续话题：九十年代末期，他又杀了回来，收购了国内几家濒临破产的企业，让这些企业起死回生。如今，他成了一家跨国公司的老板，也是整个文学社成员中唯一一位坐拥数十亿资产的家伙。二十年来，我与他再无联络。他有一年还乡，我恰好出差在外，错过了他召集的奢靡聚会。据说那次聚会喝掉了十几瓶窖藏茅台，上了鲍鱼海参鱼翅烤乳猪，创下了万豪酒店开业以来的消费纪录。可是，那又能说明什么呢？暴露了他享受它国文明这么多年，其实没有任何进步，还是一个爱炫耀的土财主而已。我表示鄙夷。而文学社其他成员，则通过各种方式，不断收集着有关郑小文的信息，成了他企业的义务宣传员。他的信息至今在我耳边不时传递而至，诸如“郑小文又离婚了”“郑小文又结婚了”“网上直播了郑小文的捐款仪式”“以郑小文命名的文学奖诞生啦！”……这类消息真伪莫辨，我听了都当作耳旁风。然而不久前，有个宣传员神秘兮兮地对我说：“紫金山天文台要以郑小文的名字命名一颗彗星。”我终于忍不住笑喷，含在嘴里的一口茶水冲出来，噼里啪啦，溅湿了电脑的键盘。

那位形象酷似北岛的瘦削社长，最终恋爱遇挫，他追求两年多的写诗的女孩在一夜之间变脸，坐上了一位厂长公子的铃木摩托车。社长从此一蹶不振，很快找了一个相貌平平的女子结婚生子，过起了平庸刻板的日子。这一帮可爱的人马中，鸭舌帽哲学家的人生轨迹最是神秘。在一个阴雨天，电话铃声急促响起，他高调闯入，给出一个冠冕堂皇的理由，要完成一个“周密可行”的策划项目，为此向朋友们一一借钱，多少不计，哪怕是几枚硬币，都统统放进他黑色的鸭舌帽里：那顶神秘的鸭舌帽终于被他亲手摘下，托在手里。人们惊讶地发现，其实他有一头油亮乌发，发质还不错，这击溃了多年来关于他秃顶的各种传说。那么为什么长期不肯示人呢？这是他留给人间的又一个谜案。然后，鸭舌帽在一个阳光灿烂的日子突然失踪，至今下落不明。老朋友们在春节时偶有聚会，席间总会有某个不知趣的人插入一句话：“喂，你们说，鸭舌帽还在人间活着吗？”大家面面相觑，没有人能够给出确切答案。目光落在桌上，残羹剩汤，菜已经冰凉。

哦，答案——“答案在风中飘荡”。这是一部旧电影的插曲，一代摇滚歌手鲍勃·迪伦，总是用嘶哑的喉咙唱出人世的悲伤。

一个时代结束了，大风席卷了它的全部：青春、爱情和诗意，各种浪漫的事物，期待的目光，热烈的心跳，善良的愿望，美好的憧憬。多年之后，我经常在雨夜做一个内容相同的梦，情景逼真，如玻璃窗上的雨滴历历可数。在梦里，我还是一个孩子，远远地看到恩师从天边走来，手提一盏马灯，在海边捡拾珠贝，玲珑剔透的珍珠在手中闪闪发光。整个海滩苍凉空旷，周围到处是野生植物，芦荻、木槿、紫云英和灌木丛。

……雨声中，我睡着了，甜蜜、幸福而安详。

宿命的甘霖

人长到懂事了，追究前生是一个解不开的情结。人不相信没有来历，烦烦恼恼几十年，说完也就这么完了。我因此怀疑那些哲学家，他们最初探求根本的动机起源于此。前生或许是一株草木、一只鸟、一头牲畜，但人在内心仍然希冀前生为人。在上帝眼里，人虽然也是动物的一种，但人活得更有章法。人在现实中时常厌恶章法，但这就像是一堵墙，它存在着感觉有诸多不便，一旦拆除，麻烦更多。

灵魂深处的前生结，让我时常感到一种天地间神秘力量的存在，尤其是在夏日的傍晚，置身于某处空阔之地，风声从天而降，树木瑟瑟吹动，就觉得身边有神。它不是具体的上帝，不是普度众生的乔达摩，也不是伯利恒星光下那个木匠的儿子。它只是一个符号，是主宰万物的一只手掌，因为没有更确切的命名，我们只好姑且称之为神。神，难道不是最好的命名吗？

人长到四十岁后，就渐渐地变成一个宿命论者，处事一切随缘，不再强求获得。这貌似有些消极，可话说回来——如果一个人活到四十岁了还不认命，难道是从前的日子白活了？因此，我对生活中雄心勃勃的老男人总是格外担心，看不惯他们遇到点小刺激就暴跳如雷的抓狂态。其实，遇到冷落或不公了，不妨把思维的频道调转一下，想想前生。想想前生自己是什么物质，心会平和下来。

在作家群落中，艾·巴·辛格是个典型的宿命论者，典型到把路边遇到一粒石子视作命运的赐予，将一片跌到头顶的落叶视为前生知己的话语，将一场春雨的沐浴视为上天的甘露。其幽默平和的自嘲心态，让他成为世界上最伟大的小说家之一，并于1972年摘得诺贝尔文学奖的桂冠。值得一提的是，辛格活了八十七岁，安详地度过了患糖尿病的晚年，与躁狂的海明威和抑郁的川端康成的自杀结局不同。

他在一篇小说中写一个青年为追求一位姑娘而烦恼，索性去撞火车，暗自祈祷着如果火车瞬间停下来，那个美丽的姑娘就属于自己，他们会相爱一生。青年要撞火车的消息惊动了全镇子的人，使这个自杀事件看上去有些作秀成分，但他是决意要以死来证明心迹的，绝非玩忽悠的炒作。人们劝阻不住，只好跟着起哄：

“小伙子，离火车远一点！远一点再趴到铁轨上去。”

“小伙子，算了吧，你心爱的姑娘也赶来看热闹了……哈哈。”

那位凶猛的情种始终沉默，等到一列老式的运货车哐哐地开过来，离他只有几步之遥时，他一个训练有素的箭步，稳稳站定在了铁轨之上，扬手制止火车的前进。随着一片唏嘘，人们在幻觉中看到火车头前开了一朵红花，这是一个无知青年冲动的后果。但奇迹发生了：火车突然在青年面前停住，青年被火车上跳下来的司机拉了起来，安然无恙地站回了台阶。于是感天动地，人们看到他跪下来，泪流满面，在胸前轻轻划着十字祷告：“神的旨意啊。阿门！”

整个过程神速而奇妙，仿佛一个梦境。他心爱的姑娘目睹了一切，扑上来，当众送给他一个热吻。自然，他们喜结良缘，有了自己的牧场，生了一大群孩子。

在众多的经典小说中，幸福的象征就是结良缘、有牧场，然后生孩子。而童话的结尾则用一句“从此他们过上了幸福的生活”了事，这是经典的套路。

眼下，似乎什么都有了套路，包括出家做和尚——我有一位远房本家兄弟，原本是酒店二级厨师，无奈颇有佛缘，迷上《金刚经》，于是去了一家寺院，业绩突出，很快做了住持，法号慧空。因寺庙在山中一个旅游点，我便借开会之机看望了他一回。出于对宗教的尊重，去之前我还特意到网上查阅资料，以免说错话。慧空手捻佛珠，装模作样地接待了我，陪我逛遍了寺院的前堂后殿，烧香叩头，还抽了一个上上签。

人骨子里的根性，遇到点风吹草动便会显现，哪怕隐姓埋名藏到寺院里。我知道他是不相信什么前生来世的。他告诉我，因为他《金刚经》背诵得好，颇得小沙弥尼们的青睐，成了她们的偶像。自此我想，前生大事究竟有无？即便有，今生也了无痕迹，放弃吧，放弃吧。

不久前，我回了一趟故乡，在那里，我却找到了一丝前生的印象。因为，正是故乡泥浆四溢的土路，验证了一个旧的自己已经死去。

现在的我，固执地认定前生就隐藏在那个叫故乡的地方，前生的消息就是故乡的消息——它们通过柴草和春天茉莉花的香气传递过来。它们没有声音，却隆隆而至，像宿命的甘霖，握有全部的秘密。

亲爱的孤独

生活总是泥沙俱下，精致的孤独不被理睬。有人说，所谓孤独，往往通过喧嚣的人群被命名和确认，换句话说，孤独是从比较中抽离出的元素，被放大并加深了颜色和刻度——当一个人置身于茫茫人海，突然有落水般的感觉涌来，他于是喃喃自语："啊，亲爱的孤独！"

但我要说，那仍然不是真正的孤独。真正的孤独是彻骨的，是在漫漫长夜和横无际涯的日子里无人读懂，或者一个与上帝有关的永恒密谋，世人无法走进这个黑洞。

孤独的人随处可遇，比如福克纳笔下的艾米莉，那个曾经貌美如花、青春妖娆的艾米莉。在湖畔的甬道上，在小巷的某一幢窗棂下，在人群里，隐藏着一个活着的幽灵。

艾米莉：我们看到她身着黑裙，独自行走在某世纪的街道，她的头上戴着同样黑色的面罩，人们因此永远看不到她哀伤的眼神——那偶尔泄露的一瞥，会像一道锋利的电流，把对面的接招者击中……这个老军人的女儿，破落的贵族后裔，因家庭变故被命运抛弃在一个寂寥荒凉的小镇上，就像一只狼被搁浅在一座荒岛上。她先是失去了父亲，接着又失去了恋人。从此，侍候她的只有一个黑人，这家伙比她更沉默寡言。他们在漫长的一生中是如何交流沟通的？此问题像孤独本身一样令人不安。小说通篇被一股神秘的气息笼罩着，这是福克纳式的神秘。福氏还算善良厚道，在这一点上，比冷酷的博尔赫斯可强多了——在小说结尾，福克纳把谜底交给了读者：艾米莉死后，人们在她卧室的床榻上看到一具躺倒的骨架，那是她心爱的男人的骨架，他似乎仍然活着，夜夜与她倾诉衷肠。多年来，艾米莉与之同床共枕。人们恍然大悟，原来她用这种极端的方式，消解内心的孤独。这个故事有些残忍，让我发现了福克纳的另一面，他用艾米莉的爱情事件和极端方式，重重地打了活着的人们一记耳光。

孤独其实与生理关系并不大，在这个时代，生理问题不难解决，它多半来自精神的渴求。当世上的对话者多起来，你还会感到孤独吗？生活里处处充斥着误解、误会和误读，以及怀疑、猜测和八卦，这让我时常感觉到生活常态下隐藏的杀伤力。我多次对身边的朋友说：什么都行，唯独不可原谅的是误解。当身边的朋友胡乱猜测你的行为时，你可以不作任何解释，剩下的事情就是远离这个人。

有一次，我冒着严寒跑了数百公里的路，来到另一座城市会友。当时已近年关，家家户户都忙碌着同一件事情，城市的上空烟雾缭绕。我们坐在一家老式咖啡馆里，说了那么多话，仿佛把积攒了一年的话都说完了，反复絮叨。那一天，我觉得自己就像是一个赶来倒垃圾的人。因为在实用主义者看来，我说的话全是废话，没有任何实际的用途。第二天一早我就离开了，朋友送我到车站，我想告诉他“我是来释放孤独的”，但却始终没有说出，说出便显得矫情。

“啊，孤独，它是无法说出的，就像一幕无法排练的戏剧。”其实，因为对方早已懂得，什么都不必再说。

第四辑　回忆花楸树

镜头：1980 年

广播喇叭上说，我们迈进了伟大的 1980 年。事实证明，那是一个蒸蒸日上的年代。文艺复兴，拨乱反正，诗歌开始为人民代言。镜头渐渐清晰：小城的旧砖瓦，像哨兵一样竖立在街头的一溜电线杆；红砖平房，空气里散发着雨天的霉味儿。城西，一座简陋的木桥，桥下浮动着银子样的小河水。辛劳的母亲每天一大早骑自行车通过木桥，到蔬菜公司上班，每月拿三十余元的工资。严冬把她的脸颊冻得通红，裂口的手背上涂满了马油。有一天，全家人在一起吃早饭，母亲一边伸开左手掌，一边说，瞧我的手冻成了什么样子。我张口说道：很像一片枫叶。而那些裂口，就是叶子的脉络，它们向指尖方向蜿蜒流淌。

那一年我十四岁，寄居在父亲工作的县政府宿舍，有一帮被青春期所折磨躁动不安的朋友。我喜欢上了文学：普希金、惠特曼、歌德……我甚至会背诵大半本艾青的诗歌，还跑到县图书馆抄了满满的一本刊登在杂志上的诗歌。暑假，父亲命我在家老老实实学习做饭，我把馒头蒸得又大又白，让人望一眼就有食欲。每天，我的人生价值从家人的笑脸上获得了首肯，这让我觉得活着如果不思进取，其实不难。文化馆创办了一本油印刊物《茌平文艺》，我把模仿戴望舒的习作《手之歌》趁月黑风高投进了邮筒。然后是焦灼的等待，像等待一个秘密被不计后果地公开。

镜头摇晃：夏天的傍晚，小河岸边水声喧响，草丛里飞翔着成批的萤火虫，高高的白杨树是鲁西平原上最独特的景观，树上的眼睛在调皮地望着我的影子日渐升高。阿林和山子约我到河里游泳，水很浅，浅水中生长着一丛丛的野生灌木。我一个猛子扎下去，啃了一嘴腥气的淤泥，耳边嗡嗡响着。我还呛了一口水，从河底钻出来咔咔地咳嗽，恍惚中看到阿林和山子站在水中赤裸着身体，青春期与荷尔蒙的气息汇成涟漪一圈圈向四周扩散。

这时，丁零零、丁零零……我弟弟骑着自行车从公路上飞驰而来，向我及时传递了一个坏消息，他说：快回家接受审查吧，你把一锅馒头都蒸坏了，啊，快穿上衣服。我弟弟一向是个幸灾乐祸的家伙，他接着说：不穿衣服也行，提着吧，估计到家还得扒下来。他的意思是我要挨一顿板子。当然，这种说法并非没有道理，我父亲打起人来从不手抖，一板子抽下来，肯定还有下一板子。那时候，我的胆子比毛毛虫还小，很快出了一脑门冷汗，脑海里浮现出父亲的铁青脸和充血眼。那时候，父亲就是我命运中不可触摸的老虎和山神，摸不得也敬不得。县医院以东，狭窄的胡同，上了蓝漆的木门，叩动门环的手指，你为何如此胆怯而迟疑？天井里的饭桌上，放着我辛苦制作的“罪证”：一篮子放碱过多的馒头，全部是黄颜色，面也没有发开，模样丑陋。这时，父亲掀开门帘，从屋里走了出来，他把一本油印杂志递给我，用平静的口吻说：“今天就不惩罚你了，因为你的诗歌发表了……”

当日深夜，下雨了，是那种节奏均匀的细雨。我打着一把油布旧伞，踩着吧嗒吧嗒的水洼，街道两边的木板房都关门打烊了，从门缝里向外溢出羊肉的膻气。我在一株硕大的梧桐树下坐下来，旁边是一个菜市场。雨点砰砰地打击着树叶，声音波及东风会堂的屋顶，那里仿佛厮杀着千军万马。我看到雨点跳跃的街头，有骑自行车的人呼啸而过，有一对情侣头顶一块雨衣飞奔而过，水花飞溅，既不好看也不难看。路灯的光线那么幽暗，它们打在我的脸上，我看不到自己的脸。人人都看不到自己的脸，尽管它很重要。于是，镜头放大，我转过身来，眼睛凝视夜空，灯熄灭了，我的脸在黑暗中缓缓定格，雨珠继续滚落。

回忆花楸树

我和哥哥又吵架了。他把我拖到小卧室，用一根绳子把我绑到了床腿上，然后学着电影里的情节把毛巾塞到我的嘴里。他很聪明，知道这样做邻居不会听到。然后他关了门——关了屋门，又关了院子的门，把我扔在了夏天的黑暗里，世界变得严严实实，像一间铁屋子。空气是如此令人窒息，旧棉絮发霉的气味从木衣柜里顽强地散发出来，床下的耗子在轻轻吱叫，弟弟的旧胶鞋也跟着捣乱，在某个地方散发出众所周知的臭气。我先是恐惧了一阵子，难过得流出了泪水，但我知道这不是结局，也就是说，我不会因此死去。像往常一样，母亲会在下班后惩罚我哥哥，泪水不会白流的，所有的委屈都会得到公正的补偿……

我慢慢地向外吐毛巾，残留在毛巾上的肥皂混杂着汗液的气味让我恶心，但它塞得太深了，麻花似的充满了我的整个口腔。这让我在那一刻意识到我哥哥原来是如此狠毒，对自己的亲兄弟下手那么重。被绑缚的胳膊已经发麻，我自己的胳膊开始惩罚我自己的肉体。随着麻木的感觉渐渐加深，我开始用回忆往事的办法减缓痛苦，在某个特定的时刻，我听说这个办法是有效的。可生命的里程才刚刚开始，值得回忆的东西少得可怜。我先是回忆了看过的电影：《流浪者》《大篷车》《追捕》《生死恋》。我还想起了毛主席和天安门，他温暖的大手在空中一挥，全世界的无产者就会团结起来。接着又想起了那年冬天寄读过的魏庄小学，校园内苍老的槐树，乌鸦围绕着树枝盘旋。我穿过操场，怀抱着一摞书，去向刘老师请教作文题，她正在与家人一起包饺子，年幼的儿子在床上玩木头冲锋枪。屋子里弥漫着一股炉火的气息，还有一股香菜根的味道。突然，停电了，刘老师说：啊，停电了，停电了，小宋，快点上蜡烛。小宋是刘老师的男人，一个头戴鸭舌帽的工人阶级形象，蓝布裤子的屁股部位缝着一块大补丁，看上去像树墩上沧桑的年轮。紧接着，跳跃的烛火亮了起来，在我的眼睛里开了一朵泪花。就这样，就像是服了一剂止痛药，回忆在我的脑海里飞速检索，现实的处境被忽略不计，我的心渐渐地恢复了平静，我甚至扑哧一下笑出了声。

最后，我回忆起了故乡的花楸树，童年的花楸树。它生长在村子以东，紧挨着一个大池塘，池塘北是一片沼泽漫漫的草甸，灌木丛生，夏天的时候蝉声大作。花楸树！它的下面埋葬着我的一个童年伙伴！多年以前，我曾和那个死去的少女在树下乘凉，她在风中忽闪着一双大大的眼睛，那红红的嘴唇、雪白的牙齿、细长的脖颈，都让人忍不住去猜测她长大后会是什么样子的美人——但她为什么就没有长大呢？我还记得：夜幕降临，我们一同看月亮穿越树梢、爬上山冈。

后院的光阴

我寄居的地方，是县政府杂草丛生的后院，院子里长满了紫槐树和木槿，地上开着潮湿的花，爬行着各种不知名的昆虫。那里原本是一溜专门给机关职员休息的宿舍，但由于人们都在城里安了家，宿舍的唯一用途就是偶尔用来午休，几乎没有人在此居住。时间一久，那儿就荒芜了，成了没有人气的青苔遍生之地。而前院，是整个小城的行政中心，每天都车水马龙，上演着各种人事变动，牵动着全县最敏感最世俗也最暗箱的神经。

有一次，我与父亲吵架，父亲说："你滚，我不要在家里看见你！"我在第二天就搬到了后院，一住就是三年。离开它的时候，我还不满十六岁。

后院，青灰的瓦房，凋敝的树叶，空寂的石椅，屋顶上稀疏的茅草，还有人们随手扔上去的垃圾。直到今天，后院的一切还时常出现在我的梦境中，情节逼真得让人想流泪，醒来后却恍惚良久，不知身在何处。

母亲始终是对我最好的人，时常在上班的间隙来看望我。她每月给我买一箱方便面，还有足够吃半个月的钙奶饼干，临走时还留下一些零钱。我把这些零钱全部用于约同学看电影了。起初，我认为后院很深，甚至一度把它想象成一个远离街市的世外桃源。我每天在那里读书、练习写作，似乎在进行命中的修行，又像是被厄运囚禁。春天到来之后，一个手提黑水壶的老头到院子里来过几次，他走后，我发现屋子东侧与围墙形成的狭道里留下一摊粪便，恶心得不行。我想制止这种行为，就在狭道的墙壁上贴了一张警告字条：此处禁止大便！！！——一连用了三个惊叹号。

看来那老头是识字的，此后他再也不来了。

在后院居住的第三个夏天，隔壁来了一位身材颀长的漂亮姑娘，她的名字我已经忘记了。其实我们彼此认识，但碰面后互相佯装不识，从不打招呼。她是县人大一位副主任的女儿，走路目不斜视，身上散发着娇小姐的气息，老远就闻得到。她的眼睛原本很大很漂亮，却老爱翻白眼珠，这一翻就让她的美丽大打折扣。院子里有被日光晒得滚烫的石桌，还有露天自来水龙头，她拧开水龙头冲凉鞋、洗丝袜，有时还掬着一捧水发愣，神情总是很忧郁。有一天中午，她忽然在院子里爆发出一阵大笑声，笑得完全不同寻常，我看到她脱掉了一只高跟鞋，拿在手里当话筒使用：喂喂，喂喂，听到了吗？——美丽的脸蛋扭曲变形，白眼珠翻到天上去了，我才意识到她的神经出了问题。接下来的日子，笑声、哭声、呻吟声刺穿了厚厚的墙壁，烧破了云幕，搞得人仰马翻。从此，寂静的后院陷入一片骚乱，一时妖气弥漫。终于，她父亲找来几个大汉，弄来一辆旧吉普车，三下五除二地将她塞进车子，送到外县的精神病院去治疗。

她走之后，后院恢复了平静，但奇怪的是，我自此时常做噩梦，醒来后一个人凝视着窗户，听到外面响着各种窸窣的声音，陷入莫名的恐惧。要命的是，这种感觉让我神思恍惚，幻觉丛生：草木结霜，星月下沉，木偶模样的小鬼在眼前翩翩起舞，像一张张被风吹刮的白纸。这种情况一直持续到冬天来临——冬天，我离开后院，离开了地理意义上的家乡，乘上了一列北去的火车。

掉在地上的东西

那时候，屋子里的东西不多，墙上挂着几把镰刀，门后立着几把锄头，灶前堆着一堆柴草。

一大早做饭，母亲把手伸进黑色的米缸，抓一把金黄的小米，偶尔从中摸出两只鸡蛋。看得出，此时的母亲是开心的，嘴角上挑着一丝笑意。我们赖在被子里不肯起床，听院子里的鸡窝里传来阵阵鸡叫。昨晚的一场大雪把门封住了，寒风从窗户的缝隙里吹进屋来，我们赶紧缩了缩脖子，用被子捂住多半个脸，只剩下两只眼睛。其实，即便是闭着眼睛，也知道母亲正在忙活些啥：风箱呱嗒呱嗒地响着，她在朝铁锅的边缘贴大饼子，饼子蒸熟后，捡到饭筐里，用笼布盖好。然后再用大铁锅煮米粥，往粥里切上几块生地瓜，抓上一把白豆。不一会儿，饭香味弥漫了屋子，肚子咕咕地叫一阵，我们才会从炕上爬起来，扑向那些食物。

母亲也有不开心的时候，就是她把手伸进米缸，瞬间触摸到一股生硬的凉意，差点把手指头顶坏的时候。母亲的情绪会跌到谷底，手中的拨火棍摔摔打打。每每这时，躲在被子里的人个个老实，屏神静气，不敢多言语。如果此时不长眼色，提出非分要求，或者嘻嘻哈哈，屁股上是要挨上一棍子的。挨了也白挨，谁让你不长眼色呢。

米吃光的时候，母亲就披上厚厚的大棉袄，拿一只葫芦瓢出门，朝胡同的邻居借，回来时冻得丝丝呵呵，葫芦瓢里盛满了借来的米，有时成色还不错，于是，愉悦的气氛会接续上。早晨愉快了，一天都会愉快；早晨不愉快，这一天算是糟蹋了，干什么也不顺心。但有时候，母亲跑了好几家也借不到米，回来便会生闷气，嘴里嘟嘟囔囔，坐在灶火的灰烬前犯难，愁眉苦脸。最后，母亲坐起身来，再次走向黑黑的米缸，企图有所收获，用炊帚清理了半天，直到缸里不剩下一粒米为止。结果呢，就是我们要喝一顿和白开水近似的稀粥，碗里的米粒都数得过来：一粒、两粒、三粒……

当时，我已经听母亲无数次讲过《渔夫和金鱼》的故事，听得想入非非。我想让自己家的米缸变成一个聚宝盆——米吃完了，里面还有馒头；馒头吃完了，是满满一缸炸丸子；炸丸子吃完了，是满满一缸红烧肉。

我那么想着，一股口水就像河水一样涌出来，一不小心弄湿了枕头。那时候，有许多口水，是来不及咽回肚子里去的。

“掉在地上的东西不要吃。”母亲说。

即便如此贫穷饥饿，母亲也坚持履行这一古老的家训，一见我们眼巴巴望着从嘴中滑脱到地上的食物，便制止我们捡拾，让伸向地面的手迅速停在半空，害臊地缩回袖子里。非但如此，母亲还在小学堂教课时，这样教育镇子里的孩子们：“掉在地上的食物不要捡拾，吃了会生病的。”

这一点让我百思不解，我心想：都穷成那样了，还瞎讲究个啥呢？

夜晚，月光从窗棂里照进来，照着圆圆的锅盖、灶膛前明灭的灰烬和被烟熏黑的土墙。

我躺在母亲用柴火烧热的火炕上，听到耗子在橱柜里“喳”地叫了一声，很是响亮。

站在水缸里的草

在沙河镇，有个流传很广的说法——一旦看到水缸里有一根草站立起来，说明有稀客要来了。

那个年代，家家户户把瓮一样的水缸放在院子里，如若没用木盖子及时把水缸盖上，风一吹，落点干草棒或麦秸秆进去是很平常的事儿，还时常落些树叶子，取水时用葫芦瓢朝两边撇一撇，把上面的一层漂浮物撇清，将清水取走做饭。那些漂浮在水上的草屑、麦壳、细小的树棍之类，其实一点儿也不脏，倒给水里增添了别样的营养。那时候的水，散发着一股亲切的泥土与树脂味，像极了雨后泥塘里的气息，有点淡淡的腥，又有点野生植物的味道。

有一天，姐姐故作神秘地告诉我："如果你看到水缸里有干草棒站立在水中，三天内咱家准来稀客，不信你试试——很灵验的。"还举例说明，哪天大舅来，哪天小姨来，事先她每次去水缸里舀水，都看到一根草在水中直直地立起来，就差一探头朝她说话了。

我听了觉得十分惊讶，怎么也琢磨不透其中的道理。一口小小的水缸，居然隐藏着神奇的预卜能力，一根站立的干草，究竟和那位远足跋涉而来的人有何关联？换句话说，它是如何得知千里之外的信息的呢？

自那以后，我便留心观察水缸里的微妙变化——白天，它波澜不惊，里面映衬着我年幼的面影、乱糟糟的头发和忧郁的眼神；而当夜晚来临，水缸是月亮和星星的居所，幽深得像个黑洞。

隐隐的期盼驻扎在我的心里，却每每一无所获。

世界上的事物往往如此：越是刻意期盼某种东西出现，内心为之烦躁焦虑，那东西却偏偏不来；而一旦你放弃它，干脆不关心它，索性忘却它，它却会不期而至，咚咚地叩门。

时隔不久，夏天的中午，我从田野里割草回来，因为出汗多口太渴了，一进院子便把草篮子往羊圈旁边一丢，径直奔向水缸，操起水瓢舀了半瓢水就咕咚咕咚地喝，但在放下水瓢的刹那我发现了奇迹：一根草棒站立在水中央！我惊讶地差点叫出声来，简直不敢相信自己的眼睛。我把手伸到水里，企图打捞这根散发神迹的干草，好像这根草是有生命的，打捞几次均告失败——它像一条小鱼那样游来游去，从我手中成功滑脱，溜掉了。

吃午饭时，我忍不住把这个消息悄悄地传达给姐姐，她似乎不信，拉着我蹑手蹑脚地来到水缸前观看，当看清的确有一根干草棒挺立在水中时，眼睛眨来眨去，瞳仁闪烁着疑惑的亮光，自言自语地嘟哝：“会是谁要来咱家呢？没有呀……”

姐姐还特意吩咐，不要把这件事告诉任何人，说出去就不灵了。这无意间强化了某种神秘色彩，使我对童年经历中的这桩小事至今记忆犹新。

在整个沙河镇，周氏家族不算大，社会关系相对单纯，亲戚也不太多，平时与我们家来往最密切的，自然是母亲的娘家人，外公外婆，大舅二舅，因为他们在镇子几里外的李堂村，来往很方便，差不多十天半月就来一趟。我当时想，如果水缸里的草果然显灵，来的客人是他们中的一个，那么，我会很失望。

话说在这个重大发现过后的第二天，水缸里的预言得到应验——时间是1970年夏季的某一天黄昏，有个衣着时髦的中年女人撑着一把雨伞走进了沙河镇，只见她从一辆租来的三轮车上走下来，身后还跟着一个八九岁的小女孩，扎着两个羊角辫。这两个特征明显的外地人搭眼一看就是从远方的城里来的，顿时吸引了镇上人好奇的目光。中年女人上前问路，打听我们家住在哪里。

事后得知，中年女人是传说中的大表姑，小女孩自然就是小表姐了，她们来自遥远的长春，听说那里有奔跑的小火车和茂密的森林。当天晚上，我们家热闹起来。真是稀客呀，从东北到山东，要经历多少旅程？光火车要坐三四天！

二话没说，祖父很悲壮地走向猪圈和鸡窝，宰杀了一头猪、两只鸡。

在此之前，这门亲戚因为相距遥远，就只停留在父亲于某个节日夜晚的冗长讲述，那是一摞永远也说不完的往事——父亲的童年，在长春，与祖父一起。那时候，整个家族在寒冷的东北艰难谋生，那是一段如冬天般被冻得伸不出手的瑟缩的历史。

我至今记得那个夏夜表姑和表姐的到来给家中带来的欢乐景象：祖父把一盏汽灯悬挂在院子里，整个院子弥漫着一股煮骨头的香气，小桌上摆满了切开的西瓜、煮熟的花生，一家人围坐在桌前，说说笑笑，听表姑讲述一路的历险和奇遇，以及美丽的长春，那些遥远新奇的城里故事。

表姑已经在几年前因病去世，她的形象依然停留在我在童年时的那一次相见。在我的印象里，她容貌瘦削，穿着一件碎花布裙，有一双大大的眼睛，一头在风中飘逸着的革命式的黑色短发。

她的门牙因常年嗑瓜子而成了锯齿的形状；一口浓重的东北口音，话语像松花江水滔滔不绝，笑起来则像男人一样爽朗，毫无顾忌。而皮肤雪白的小表姐，伏在妈妈的腿上睡着了。

表姑带来许多好吃的食物，如今我多半都忘记了，只记得其中有大列巴面包。

那是我头一次吃到大列巴面包。

野果穗

小路两边的野生植物很多，参差不齐，很低调地开着一串串或白或紫的小花，它们中大多我叫不上名字。我惊异地发现，大凡到海边沙滩上的人，经过这些野果穗时没有什么感觉，一律视而不见地从它们身边走过去。有人骑着自行车经过，一双长满汗毛的腿蹭到了它们的身体，蹭落了果穗上的花粉。

“我有几朵小青花，我有几朵比你的眼睛更灿烂的小青花。——给我吧！——她们是属于我的，她们是不属于任何人的。在山顶上，爱人啊，在山顶上。”

我手捧一本书，坐在一截陈腐发黑的木桩上，眼前放着一个茶杯。从上午九点到中午十二点，我不时地瞄一眼书，伸手取杯啜一口茶，上帝知道，我的心思其实不在这两件事上，而是暗暗地观察过往的行人，想知道究竟有没有人对这些野果穗感兴趣。那天有点热，到海滩上去的人不多，大约有三百六十人，这还没有把九点钟以前的人计算在内。另外，还有一些车辆，由于搞不清车内到底乘坐了多少人，因此这个统计数据并不精确，只是个大致的参照。

人们三三两两地去，也三三两两地归，来来去去，目的只有一个：消暑纳凉，休闲度假，和残酷的夏天捉迷藏，不被季节的子弹击中，把中暑和热晕回避掉。我一想到这一点，就不由得心生感慨：当下人们真是鬼精得很，天热了到海边避暑，天冷了躲进有暖气的房子，还得好吃好喝地侍奉自己的身体不受半点委屈。态度决定行为，人们是接受了活在当下的理念，变着法子享乐。不过，这有什么错吗？当然没有。

在短短的人生旅途中，有一些疼痛是躲不过去的。日子永远像一本不薄不厚的书，人一页页地翻过去，翻了几十年，平淡如白开水的页码居多，亮点往往一闪而逝。问题在于，说不定哪一页，会猛然弹出一枚暗中潜伏的锋利刀片，割破你的某个指头，击中你的额头，痛苦与耻辱往往在平静的表情下深埋，当血从裂口处渗出来，你还不能叫疼。

人是那么脆弱娇贵，远不如这些生长在海边森林中的野果穗强大。

从空旷的海滩到环绕森林的海汊子，一路都是野果穗，花花绿绿，漂漂亮亮。后来我渐渐明白，世间什么东西一旦多了，人们自然就不稀罕了。

我独自一人在林子里读书，真正吸引我的，起初并不是野果穗，也不是络绎不绝的海滩游客。近年来，我越发不喜欢闹市，越是在人多的地方，我的心越感觉荒凉。我时常私下思忖，既然自己那么不喜欢人群，干脆到沙漠里生活一段时间吧！对于这个问题，我认真地设想了一下，答案是否定的。我承认自己很没出息，忍受不了沙漠地带的空旷寂寞，以及耳畔没有森林、没有鸟声的地理空间。没有泉水，眼前只有来自遥远地平线的绝望，会让我推翻以往的认知，向生活妥协投降，变成一个没有观点的人。那么，呸呸，我终于开始对自己吐起口水，究竟什么样的生活才适合你啊？

说来不好意思，那每天吸引我坐在树墩子上的，竟然是一幢抬眼就能看到的红房子，它与我相距不过几十米远。房门紧闭，周围是篱笆，围墙内是高过人膝的青草。那房子寂静如梦、幽暗荒芜，像是从来不曾有人居住过，或许设计师从一开始就是为了让人观赏而盖了这幢房子，世间的俗人不配住进去。我最喜欢的，是屋顶上那根大大的烟囱，像老人呼吸用的鼻子，让我的感觉与童话里的印象十二分地吻合。

书中，有一首法国象征派诗人保尔·福尔（1872—1960）的名作：“我有几粒红水晶，我有几粒比你的嘴唇更鲜艳的红水晶。——给我吧！她们是属于我的，她们是不属于任何人的。在我家里炉灰底下，爱人啊，在我家里炉灰底下。”

连续十几天近距离观察这幢房子，我没有丝毫个人目的和动机，既不想知道与房子有关的一切秘密，也不想结识它的主人，如若哪一天，房子的栅门被打开，我会断然拒绝入室观察的友好邀请。只有我自己知道，我的想法并不古怪，我所做的一切，只是出于简陋的人生经验：我恐惧自己的好奇心和幻想情结被真相的本来面目粉碎、破损或归于平淡。

与其如此，莫如保留对它天真的感觉。我想起几天前在微博上读到的一句话：“人生苦短，我们都像随波逐流的叶片，无常！与其在乎短暂的存在，不如跟小孩一样陶醉在人生的美好。”

说这句话的是位写励志读物的畅销书作家，多年来一直为我所不齿，但我却欣赏这句话。至此，我在私下将其列入“一句话作家”的行列。这样的作家还有几位，恕不一一列举。

有一刹那，我放下书本，眼前出现了幻觉：我听到有一个男孩和一个女孩在嬉闹，风推开柴门，两个孩子从院子里走出来，手里拿着一束薰衣草。

“我已找到了一颗心，我已找到了两颗心，我已找到了一千颗心。——让我看！——我已找到了爱情，它是属于大家的。在路上到处都有，爱人啊，在路上到处都有。”

幻觉消失的瞬间，我的内心一片幽暗。

第五辑　碎布片

碎布片

其实，时间会通过一些事物显灵。无论你是否珍惜或挥霍，它都在按自己的速度流逝。几年前，我无意中将一件衣服挂在地下室门后的挂钩上，是一件西装，只穿过两次。由于很少穿西装，这件事便很快被我遗忘，忘得干干净净。今年的春天，因为要出席一个重要场合，我到处找这件西装。后来终于找到了，在灰尘密布的地下室。当我伸手将其取下时，发现它已开始灰化，碎在手里的布片让我惊讶不已。

那一刻，我听到天空响起了第一声春雷，而郊区火葬场的烟囱冒出了第一缕青烟。

嘉陵江流进血管

“嘉陵江流进血管。”那天，这句话突然冒出来，一时找不到出处，似乎在记忆某处藏匿多年，像一只狗在春野东嗅西嗅，地上突然爆开一朵油菜花，狗一脸呆懵。

细雨沙沙呢喃，其中有一滴强悍地落入我的眼睛。像泪，又不是泪，幸好重庆的雨水很洁净，不伤眼。我有些忍俊不禁，因为雨滴演绎出一幕日常随处发生的小戏剧。

略带小小的惊慌，我望一眼四周，没有人发现这一幕小小的戏剧。

十一月的嘉陵江是一副很温柔的样子。我手扶栏杆，目光望向江面，只见薄雾茫茫，船只逶迤，如一首唐诗的意境，通向远古的天际。我仿佛看到迷蒙的人流、过江的马匹、水手与纤夫，嘈杂的声音在江面上飘荡……历史上发生的事件一幕幕呈现。

那一刻，我沉迷其中。

幸好，对岸是一排排林立的现代化高楼，美丽的画面将我击得醍醐灌顶。我打了个激灵，把思绪拉回现实。

我想起昨晚与朋友们的聚会：重庆的夜色真的很美，尤其是在江岸的高坡之上，一边看夜景，一边涮火锅，一边摆开龙门阵。今年豪饮的场景为数寥寥，昨晚上算一次。我们举起一杯江小白，说："为江小白干杯。"

重庆有那么多的文化遗存：解放碑、洪崖洞、湖广会馆、红岩村……而我似乎对某一方亮着的窗口更感兴趣，因为深夜苍茫、雨声密集，从那里飘来一曲小提琴的独奏。眼前幻化出一个少女的剪影，在窗口。重庆妹子既多情又爽直，完美地演绎着一座城市的性格特征：率真、务实、包容、大方、美丽、风姿绰约。

婉约与缠绵的元素当然也有，只不过要往后排。婉约派属于苏杭吧，我想，属于西湖，属于白素贞，属于小青蛇以及苏州评弹。

不知怎么的，我从来就不喜欢懦弱的许仙，觉得他不配拥有白蛇的爱。小时候，躲在春天的小树林里看连环画《白蛇传》，一厢情愿地认为自己和白娘子比较合适。长大些后，又认为某一强悍的英雄人物才配得上白素贞的纯粹爱情。但假如把许仙换成武松，又觉得极其不搭。由此推理，艺术就是艺术，任何人物的性格设置都是有定数的，否则就失了形状。

试举一例：在渝中，目击李子坝轻轨像一条鱼穿越居民楼而过，先是愣怔，然后惊讶，最后是对设计师智慧的赞叹——这道风景诞生在层峦叠嶂的重庆是最无违和感的，在别处不会有，因为放到任何地方都不搭。

这是我的小小发现。

我年轻时，一度迷恋婉约。人至中年后，渐渐意识到其危害，于是抛弃，强制自己变得决绝一点儿；但骨子里的温和以及对他人的尊重感，让我的犀利隐藏很深。我厌恶戾气，也讨厌当下文人身上的伪犀利和一整套与世界决斗的说辞。

我开始本能地回避各种“宏大叙事”，甚至回避人头攒动的名山大川，回避貌似隆重却不走心的庆典，转而关注世界的幽暗角落：开裂的墙皮、熏黑的灶台、穿旧的衣物和鞋子、阳光下日渐衰老的生灵。在我看来，山脚下的一幢残破瓦屋似乎比高屋建瓴更有温度，更可引发探寻与幽思。

死亡漫山遍野，人生可歌可泣，有什么比年年岁岁的劳作与人间弥漫的烟火，以及一盏茶、一炷香、一餐饭的日子来得更真实动人？

重庆人的衣食住行都透着讲究，散发着祖先传承下来的设计感，堪称精致生活的典范。说起从前，重庆人哪怕过着艰苦的日子，住在狭窄的木阁楼内，也要在窗口养一丛花，用白纸折一只鹤，把涪陵榨菜切成细小的丝段，吃一碗重庆小面。

他们把贫穷的日子过成了诗篇。

遇到潮湿阴暗的季节慢慢挨，倚在窗户前持一书来读，听雨声淅沥打玩树叶，趁机好好地睡一觉，第二天终于迎来九九艳阳天。这就是达观的重庆人。

高大的榕树是有气根的，有独特的灵魂气场。重庆是包容的，自古以来都不排外，对任何异乡客或者流浪者都不歧视，它才成为全国艺术家的集散地、码头与中转站。而且，这是重庆的传统，否则抗战时期就不会有如此众多的作家、艺术家聚集到这里，诸如郭沫若、老舍、冰心、萧红……他们辗转大半个中国，一批批地赶来，如革命的火焰前仆后继，并且在重庆完成了一生中最重要的作品。

写到这里，我离开江边，来到一条无名街道。眼下已是初冬，树上的叶子还没有完全落光。在一株高大的香樟树下，我捡拾起一片叶子，发现它蜿蜒的脉络向上伸展，通体散发着奇异的芳香。

法鼓山上的高僧

没有比法鼓山更清静的禅寺了，静得可以听到屋檐下流水的滴落之声，以及僧人在禅房里轻轻走动的脚步声。虽是寺院，这里既无缭绕的香火，也少有远来许愿或还愿的香客，进入禅院后，你甚至会怀疑这座寺院是空寂的，看不到忧心忡忡的俗人，看不到与修行无关的俗景。如果逢上落雨的天气，寺前的水池里会有一池白莲静静开放，露珠灼灼滚动；若是天晴出了太阳，阳光像佛祖施下的万道金轮，恩典着整个寺院里的景物，树木、回廊和屋顶。

如果仅从外观上打量法鼓山禅寺，它没有一丝古庙特有的阴森气。这座位于台北县金山乡、占地十五公顷的佛教圣地，修改了传统的寺院建筑模式，采用了大量现代元素，在朴实中闪烁庄重，远远地看上去，竟通体散发出一股超拔的绝尘之气。

我承认，我第一眼就喜欢上了这幢巍峨素洁的建筑，那一刻我的脑海里浮现出诸如神性、空灵、穿越、参悟、坦然、自在、宽容、博大、慈悲等与生命、艺术有着秘密链接的字眼。

我知道，这是一家颇显“另类”的寺院，另类到亲切可感，脉搏可以与之共振，它不以高深的玄机和名堂拒绝你的靠近。

其实，我对全国各地方兴未艾的佛家庙堂并无多少好感。在商业时代，一些佛门清静之地，已经骚动得一塌糊涂，惊悚的世俗里，当任何一次浪潮掠过，有几家寺院能够保持清高？在电视或报纸一角，我们能看到某位方丈出入佛门驾驶着豪华轿车，尽管脖颈上挂着一串佛珠，却正在用手机与外商洽谈“业务”、计算利润，以及当日股市的涨幅。每每看到此种画面，我心里总觉得不是滋味，却又无法判断对错。是啊，时代多元了，许多事物已经宽泛得没有边界，车轮滚滚，一律向着金钱的道路上狂奔。

我想起某年春日，我正在山里参加一个文学笔会，突然接到妻子从外地打来的电话——她带着女儿去胶东半岛参加一个旅行团，被导游领到一处人头攒动的佛院，不知怎的，一位身着僧衣的人手捻佛珠，给正在读书的女儿相起面做起法来，我妻子在接受了一番不知所云的玄虚之词后，遵照僧人的明示和鼓动，及时奉上人民币若干。

她给我打电话，是向我通报“喜讯”，说女儿受了“佛的恩典”。结果被我好一顿数落，我说：“你疯了！这种事情，我遇到过很多，有时在半山腰上，有时在闹哄哄的菜市场。我的天灵盖已经被开过N次光了，你知道吗？！”

她说：“也有灵验的啊。”

我说：“凡是用钱买来的经，都非佛的本意。”

她说：“不花钱上香，拿什么来供佛呢？”

我说：“供的不是佛，是那财迷的假和尚。”

……

当我以一个游客的身份，站在法鼓山面前，则完全是另外一种感觉。仅仅因为它是一座不需要上香火的寺院吗？好像是，又好像不是。

让一个疑心重重的非佛教信徒瞬间认可并心仪，是一件很奇怪和不可思议的事情，这无论如何都是一种缘分。直到今天，我还无法说清内心涌动的情愫究竟是什么性质的，似乎冥冥之中，法鼓山注定是一次颠覆性的奇遇。

写到这里，就不得不让一个已经远去的背影清晰呈现出来，这个人瘦长儒雅，青衫飘飘，戴一副近视眼镜，眼神流露慈悲之光，他就是法鼓山禅寺的创办者，一代高僧圣严法师。在台湾，圣严法师是个妇孺皆知的佛学大师，而且是一位拥有博士学位的“风雪行脚僧”。宾馆里，他的语录手册在案几上随处可见，如果只看语录，你一点都不会觉得宗教是深奥而不可攀的，因为他的话太朴素了，朴素到让任何一位寻常百姓都听得懂，并且在领会后可以一瓢水一升米似的运用到被烟火熏过的日子里去。

在他的眼里，生活处处都是禅，能够提升人之品质的经，便是最有力量的经。他主张心灵环保，提倡人要快乐健康地生活，而对一切宗教的“苦行自虐”，采取了回避态度。在他的理念中，与其谈论来世的因果轮回，不如趁肉身尚存建立人间净土——是的，推动世界净化，才是佛陀的本怀。他让活着的人知足、知惭愧、有忏悔意识，这样就能以良好的感恩心态与人相处；当遇到困难时，也不会焦虑与狂躁，而是能心平气和地“面对它，接受它，解决它，放下它”。

当然，让我吃惊的不是这些，而是他说出的一句让我的内心获得快感的话，这句话是：当遇到他人的误解时，要怪自己。

这句话令我震撼！在我看来，误解是随处可感的常态，漫漫长路，有几人没有遭遇过误解利刃的戗害呢？但我们往往把误解自己的人划到仇敌的阵营中去，陷入委屈和自我怜惜的情绪，人性的弱点在山下萎缩地抵赖，堵塞着内心觉悟的通道。我们翻遍了天下现成的理由，把古往今来都责怪了，却何曾有过一丝自我苛责？

圣严法师的一句话，让积结了几十年的坚冰瞬间破碎，整整一天，我都感觉体内有一股融化的雪水，它伤感而甜蜜地流淌着。我的眼前浮现出法师生前和蔼谦卑、亲切慈祥的笑容。

圣严法师是在2009年春天圆寂的。据说他的肉身只需进行一次肾脏置换手术便可获得延续，也就是说，他本可以在人世间生活得更长久一些，那么，我就可能有机会亲耳聆听到这位布衣大师舒缓平静的智慧之音了，但面对众多的爱戴和劝说，圣严法师一脸安详地谢绝了世人的好意，没有在手术单上签字。历尽艰辛的七十九年，自然、宇宙、人类的未来，无不在这位法师的关怀之中，终于度完悲苦的人生，他认为自己该离开了。法师圆寂后，世人遵照其遗愿，为他举办了一个简朴的“植葬”仪式——他的骨灰由台湾政要主持，植入一丛葳蕤的芳草之下。他的灵魂和春天的蔷薇、茉莉、栀子花的根脉一起，住进了一个露水遍布的清香国度。

那天，在法鼓山禅寺，我尾随众人，虔诚地在法师塑像前行礼，默念阿弥陀佛，然后到一个木匣内去取一张字条。当字条握在手里时，竟有一缕温润感觉，拆开展读，心有灵犀之风吹动，这是圣严法师送给我的一句耳语：为他人减少烦恼是慈悲，为自己减少烦恼是智慧。

我双手合十，弯下身来，看到地面飘飞的光阴与尘土——我愿意用卑微的器脏，迎迓大师佛心的洗礼。

车埕，感伤或温柔之乡

我在崇山峻岭中迷路，怅然四顾，双脚踉跄而行，突然拐进一个光线明亮又略显幽暗的去处，鼻头轻轻抽动，嗅到空气中飘来的一股梅子酒的气味。当我停下脚来细细打量，视野里出现的景物让我愣怔了：色泽陈旧的铁轨上，一列同样陈旧的烧煤小火车从不远处的隧道里缓缓开来，速度慢得伸出手来就能攀上车门，从车顶端的铁皮烟囱里，突突地冒出一缕仿佛来自岁月深处的烟雾。

那是1916年的气息，或者1922年的喊叫。

有群鸟在瓦蓝的天空环舞，有被锯断的大根桧木散发浓烈的陈香。

低矮的木造屋舍前，生长着两株古老的大枫树，硕大的树冠在风里翻滚出阵阵波浪，它见证过多少人间的生离与死别？柔软的草坪上，错落无序的梅子树，隐藏在芬芳花枝间的鸟窝，又孵化出了第几代子孙？

眼前的一切，森林、山岭、木屋、小站、月台、樱花的碎瓣、嗡嗡的蜜蜂和风中飘荡的酒香搅在一起，弄得人迷迷糊糊、心荡神摇。举头仰望，从山峰的左肩或右肩膀上，兀自射下来一道黄铜阳光，虽不强烈灼热，却让人不由自主地从肉质的眼角、从画面散发的气息里、从触景而生的历史情怀与文化情怀里，流出感伤而无奈的泪水——一滴扑簌落地，一滴挂在脸颊。

这不是电影里的镜头，而是日月潭附近的车埕小站给我的视觉感受。

哦，这个让人百感交集的小站！多少年过去了，你居然完好如初地立在那里，成了时光远去的见证。那个在站台上挥手告别的人，如今还在世吗？这列日夜开动的缓慢火车，承载着多少人类的悲欢事件，几桩凄凉美艳的爱情故事？在你的怀抱里，花开了又谢，人们来了又走了。诗云：

昔我往矣，杨柳依依。
今我来思，雨雪霏霏。

而我，不过是个假扮的归人，却在瞬间捕捉到了你深深的褶皱里隐藏的全部信息，事关人与自然、人与生灵的秘密。

与车埕的相遇或遭逢是出其不意的。这个位于台湾南投县水里乡明潭坝一带的小火车站，曾经被日本人用来砍伐森林和建造电厂，铁道窄小，全长只有二十九点七公里，起点在二水，而车埕则是终点站。尽管这里景色很美，但当年却是一个荒无人烟的所在，月黑风高，只有两三盏灯闪动，林中狩猎的原住民，满耳的虎啸猿啼、孤狼嚎叫。

变化是突然而至的，就像眼下迅猛的生活，就像我们经历的或喜或悲的一切。

黎明时分，这个古朴气息十足的森林小站早早地醒来，木器加工厂带来了一批新居民，他们让温暖的木屋冒起炊烟、空中飘满饭香，也让山上响起嘹亮的伐木之声。那些生长千年的古木，在号子声里被大批伐倒，顺水滚落下山，送到锯木场进行切割。可以想象，那是一段温柔的日子，也是一段残酷的日子。

苦涩里有蔗糖的滋味，甜蜜中有难言的酸楚，如同饮下一杯清咖啡——兴奋、企盼、孤独、伤心、绝望。

无论在何时何地，历史就是这样公正，它一边用艰苦的处境考验着人类的生存技能，一边严厉纠正着人类犯下的错误。山洪滚滚，大地震、泥石流、暴风雨的来临，它们的声音一次次比人类的口号更大，也更严厉。

天色依旧是瓦蓝的，空气里的酒味越来越浓郁。大枫树上的花絮飞得到处都是，沾在了行人的衣帽和头发上，钻进了人们的衣袖里。

如今，在那个曾经红火一时的锯木场里，直径如锅盖大小的圆木一段段地仰卧排列，成了纪念馆里无声的控诉，供南来北往的游人观瞻沉思。纪念馆陈列室的旁边是车埕最大的梅子酒庄，进入酒庄，各种度数的梅酒可以随意品尝。

那天，我喝了满满两大杯醇香的梅酒，身子倾斜着出了酒庄的木门。我承认，我有点微微的醉意了，这正是我想要的感觉，一种飘飘欲飞、时光错位的沧桑和深沉感在内心层层叠叠地难积起来，充盈着草木萌发的欲望。

夜降临了，我行走在一条光线昏暗的小巷里，巷子两边木质的屋檐下挂着一片红灯笼，光线也是同样的古旧，仿佛一阵微风就能将其吹灭。这一刻，一种温暖的气息从四周弥漫上升，我突然很想迎面遇到一个熟人。

可惜没有。

后来，星星出来了，我数了数，一共数出二十九颗。这暗含了什么寓意呢？我不得而知。

风吹着空空的月台，整个车埕小站只剩下我一人，独自享受着难得的静。

井塘古村的落叶

井塘村的落叶不同于别处，因为它的每一道脉络都在诉说。而且，井塘村的落叶不依赖于秋风的急缓，是那种自然而然的飘落，散发着隐逸、安详和恬适的气息，似乎它甘愿归隐到时间里去，在树根下化作腐殖质的土壤，化作旧乡村的风景坐标。

我伫立在井台观察和谛听，发现一枚叶片落在深井里了，悄无声息，像一只柿饼落在饥饿的胃里。

我早就听说乡村的水井是通往神灵的暗道，它会记下汲水人的面孔，记下村庄里每一个歉收或丰裕的年景——古老的井塘像一头老牛的胃囊，有太多的褶皱，正在秋风中反刍从前。

它记下的，全是农历节气，春日溪水和夏日炊烟飘远的方向，蚕豆花又在篱墙边开了几朵，磨坊密布的蛛网捕捉了多少飞虫，夜晚如豆的油灯和婴儿战栗的哭泣，以及深夜的胡同里月光投射下大块黑色的斑影，小时候，这样的夜晚适合捉迷藏。

当然，它还记住了飘忽的风雨，木门叮哐作响，油灯被风吹灭，土炕上静坐着一个哺乳期的女人——这个女人多么像我的母亲。

是的，大凡出生于六七十年代的乡间游子，后来经过读书或其他渠道走出了乡间，或走南闯北深谙江湖险恶的人，只要来到青州南部山区的井塘古村，在村口一站，就会被村头草垛边流淌的溪水勾起情愫，像打翻了五味瓶，心绪骚乱，甚至会产生大哭一场的欲望。

此刻，“往事依稀浑似梦，都随风雨到心头”或“儿童相见不相识，笑问客从何处来”，这一类浪子还乡的句子像星星一样蜂拥而至，揪出内心柔软与感伤的线头。

这线头一扯，就会牵出一个漫长无际的农耕时代，另一端连接着树木的根、虫子的须和狗尾草的穗，连接着火柴、炉灰、羊皮袄和猪下水。

木心诗云：“从前的日色变得慢，车、马、邮件都慢，一生只够爱一个人。从前的锁也好看，钥匙精美有样子，你锁了，人家就懂了。”而眼前的井塘村，从前的屋舍是连锁都不落的，因为村子里的大部分人家居住在山上，想把日子过快了都没有可能性。令我担心的是上山的光滑石径，如果遇到大雪天气怎么办？尽管用文艺家的眼光旁观，一场雪会把一座山村涂改得很艺术，晶莹透明像童话里的宫殿，但乡民们的生活会比较麻烦。当然，令我最担心的是年轻人的婚配，如果从外村迎来了某位漂亮的新嫁娘，轿子抬不到山上怎么办？新娘不习惯走攀山路，不小心跌倒了怎么办？诸如此类——毕竟，烟火凡尘的日子是实实在在的呀！写到这里，不好意思，我意识到自己太爱操闲心了。

井塘古村已经在大地上存在了五百余年，村民的迁徙也是近年间的事，他们当年刀耕火种的痕迹永远留在了村子里，那劳动的农具、窗台上的旧鞋子、睡房里的木衣柜、天井里的饭桌和石凳，还有乡民们度过的快乐时光——在古树下的草台上敲锣打鼓、拉二胡、吼山歌、说书唱戏。

漫步村口，我的脑海里不时转动着一个疑问：无论快与慢，它们各自的好与坏究竟在哪里？快与慢的焊接点与分界线在哪里？不管怎样，井塘村的意义在无序开发的城市化进程中愈发凸显，注定在时光的宝盒里成为一颗明亮的珍珠。

留守的村民对我说："你应该夏天来呢！这个时节太萧条了。"

不等我作出反应，他就说起夏天井塘村里的诸多妙不可言，比如漫山遍野的野果子，溪水旁边的鸟蛋，树丛中低飞的萤火虫，草垛里新出生的小刺猬。

而眼下，只有众多金黄色的落叶在哗哗地落。落叶很快堆满了村子中央的井沿和轱辘头的周围，它们在诉说什么呢?

我暗自打算，明年夏天来井塘村找一间茅屋住上两天，看明月升上东山，照亮花梨木的窗格。

仰天山上的星空

位于青州南部山区的仰天山葱郁苍翠，沉稳大气地坐落在鲁中大地上。远远看上去，像一架钢琴，被上帝的手轻轻一弹，天空便响起一支名曲，巴赫或者肖邦。

起初，我不知道这一山名的来历，猜测其背后应该有一则美好的传说，或许源于某位艺术家的偶然造访，又偶然发现这里的山顶视野开阔，可以看到明亮的星群吧。

对我而言，仰望星空就是一次灵魂的清洗行动，不需要太多理由，选择一处地势较高的观望台，木质结构的围栏，目光放远，瞬间抵达远山，浮动的山影，遥远的河流若长天布散的仙女飘带。而头顶的黑夜是寂静的，只有银河的水波在小声流淌。

面对沉沉黑幕，我习惯性地朝高处凝望，尽可能地让目光穿越云层和雾障，越过些，再越过些，在原地仰成直角，却没有看到想象中的璀璨。当时我太失望了，心脏像被针刺了一下，秋风在耳畔呼啸作响。忽然听到附近的观星者们大声叫出来："快看，好大的星星！"于是我重新定位视线，把视线放低，再放低，终于惊喜地与花团锦簇的星光相撞。

当目光与星光对接的刹那，我的心跳明显加快了。这些久违的星光距离我的眼睛如此之近，仿佛就在瞳仁上闪烁跳跃，伸手就能触摸，我甚至能听到来自星体的呼吸与心跳，它们那顽皮的样子像一群天真的孩子。对比之下，就能判别出地面上的空气污染指数。按理说，仰天山的高度不足以让星星改变运行的位置，以至于在视觉上变得又大又亮，这样的星群应该站在地面上也可以领略才对，就像纯粹的童年故乡——在村口，在旷野，在场院的草垛或乡村的天井，只要天气晴朗，一仰脸就能看到锃明瓦亮的满天星斗和绚烂迷人的银河。

而今夜的星群在耀眼的光芒之外略显哀愁，似乎欲言又止，又似在发出这样的诘问：人间发生了什么？我们的道路与出口在哪里？星群的哀愁就是上帝的哀愁，是对人类生存与未来发展的忧虑与质疑，这是在通往文明的道路上必然会遭遇的悖论。

人类进入工业时代以后，生活节奏大幅提速，终日奔波忙碌，步履匆匆，渐渐远离了星空的指引，偏离了方向，顺应了惯性，跟随远航的汽笛呼啸前行，最终沉迷于物欲，而要想从本质上远离喧嚣保持思维的独立何其艰难。当然，我更知道真正的人生不应如此浮躁潦草，而应该沉下心来，与自然、花朵、星空等美好的物象同住共生，把酒言欢，听雨弹琴。

2019 年秋天，我在仰天山上住了一个晚上。除了星空，还有屋檐下一只蛐蛐的歌唱：它有礼貌有节制地叫完了上半夜，直到窗台上的一支蜡烛燃烧殆尽。

在经历了仰天山凝望星空的夜晚之后，我在日记中写下一段话：“今夜，山顶密集的星群可以和蜜蜂比肩，如此清晰的闪亮胜过成吨的语言，它们嘤嘤地朝我飞来。”我知道，这样的夜晚在人的一生中弥足珍贵，能够照亮岁月的全部幽暗。

第六辑　简朴生活录

星光闪闪的道路

去阿尔山的路途遥远而开阔，大地的曲线呈扇形撞击视野，逶迤展开。黑土地，燕麦田，被收割后捆扎在一起的金色麦草，孤独的葵花杆，那条名叫“哈拉哈”的河流一如既往地流淌。

转眼间，哈拉哈河凝聚成无数个镜子样清澈的积水潭，在阳光下闪闪发亮，把云朵和白桦树的姿影拉入怀中。

大片的落叶松丛林，林中孤独的木屋，延伸的小火车道，都定格成一幅幅列维坦的风景油画——这是真正的风景，是流动着的生命之力，野鹿般跳跃在眼眸中。而缓慢行进的客车，在秋野的色块聚集的荒野上显得如此渺小，像一只惊慌失措的小甲虫。

我坐在大客车内，全无长途颠簸的倦意，耳边不时响起群体性惊呼。这是人们对大地之美的由衷惊叹。而在此之前，如此艺术化的地貌我只在电影作品中见过，当它真实地呈现在眼前时，我不由产生了深深的怀疑：眼前的画面太不真实，像从亚麻布上移植下来的。尤其让人吃惊的是，此前我并不知道这些风景的慷慨呈现，这一切的到来，仿佛一场没有预约的邂逅。热情的导游未提供任何资料，因此我在心理上没有任何预期。我此行的目的，不过是参加一个普通又平常的会议。像世界上所有的会议一样，它开得隆重热烈、议程流畅、按部就班。在两天的会议结束之后，谁都不会想到，会有一个莫大的惊喜迎接我们。晚宴上，会议组织者突然宣布："明天去阿尔山。"

对于阿尔山，我一无所知，甚至是头一次听到这个地域名称。不知怎的，这个地名让我联想到梵·高，他的阿尔和他的麦田，麦田上乌鸦翔集、星光璀璨。

风吹草野，一望无际，起伏的麦浪迸射出生命的活力与激情。他高举向日葵，跌跌撞撞地奔走呼号——向生活要面包！向世界要尊严！向人间要善意！向女人要爱情！

这就是那个饥寒交迫的梵·高，这就是那个不可复制的灵魂。

而事实上，阿尔山不过是个北国边陲小城，映入眼帘的是一幢幢童话般的建筑，蘑菇形状的屋顶戴着一顶尖尖的红帽子，置身其中，更容易让人联想到著名的丹麦人安徒生。

阿尔山人烟稀少，城内不过四五千人，夜晚行至街上，你几乎看不见行人。出售奶酪的小店铺内，灰暗的灯光下，独坐一位老妇人，目光幽幽，令人不知所措。这里的居民每年种植两季燕麦，基本以旅游业为生。他们在冬天劈下成堆的木柴，在屋后挖深深的地窖储存果实与蔬菜。冬天，河流枯竭，大地结冰，悬崖默默竖立，大风呼呼地吹响整个森林，森林里响起远古的回音。

他们打野兔子下酒，在月光下追赶漫山遍野的狍子和野羊，让屋顶冒出香味的炊烟。方圆百里，不见一个人影，居民们全靠这一缕缕彼此纠缠的炊烟传递力量和温暖。

一场大雪降落之后，要用半年的时间才能融化——我无法想象积雪融化的情景，长长的冰挂从云杉上滴下世间最晶莹的水珠，融入河流。

到处是湖泊的倒影和亭亭玉立的白桦，到处是巍峨的野岭和朱红色的火山岩。传说中的黑土地，竟然黑如墨炭，抓一把在手里，留有肥沃的油脂，满手散发松树的香气。燕麦田上，是一个个热气蒸腾的燕麦垛，包头巾的妇女正躬身收拾刈倒的麦茬。

在山脚下，我与一个年轻的护林员攀谈："守着这么美的风景，生活一定很有趣吧？"

我有意回避了习惯性的"幸福"用语，我认为"有趣"才是一个人生机勃勃的生活状态，与之对应的境况是"无聊"。而"幸福"，早已被世人滥用和贬值，变成了一个模棱两可的概念。

他笑了笑："就是太寂寞了，一年到头难得见几个人。"

他告诉我：森林中的日子是迷人的，也是清苦的；他的爱人，在大兴安岭的另一边；他的亲人，在一百公里之外的呼伦贝尔草原。

我想，世界上的任何事情，都有它的多个侧面，不可能尽善尽美。从某种意义上说，残缺正是人生的本质和要义。护林员的寂寞，是风景的寂寞、开阔的寂寞，也是大地本身的寂寞。

夜幕降临，高高的野岭上又升起一颗孤独的亮星，如少女的眸子般忽闪。我的脑海里突然冒出几个字："星光闪闪的道路"。

那一刻，星光照亮了别处，也照亮了阿尔山的顶端和它的周围。

运草车

黄昏的节奏徐徐降临，若晚祷的钟声溅起袅袅余音，那一对劳作了一天的中年夫妇放下了挖掘土豆的农具。深秋的原野，运草车的轮子在果穗间滚动。

长天之下，若有若无的音节自下而上，始终散发着一股轻盈的气流，在大地的鼻间萦绕。这时候，道路上黑压压的赶路人——背着柴草的老妇、忧心如焚的猎手、树林中恋爱的少男少女……他们正行走在大片荒芜之上，耳畔滚动着秋虫此起彼伏的叫声，这是时光和日子上紧了催逼的发条。

这是九月的秋天，我的滚动着果球和雨滴的阿尔山。在季节的深处，哈拉哈河里游鱼穿梭，随风发出阵阵低语。

原野上到处是缤纷的落英，草果被秋风摇落泥土，期待着来年开出一片结满花穗的火绒。

抬头一看，山巅的星星已经升起三颗了——它们在头顶上热烈地照耀，照耀着我像哈拉哈河一样澎湃的心潮，那些远方的心灵与我遥相呼应，早已点燃一簇篝火，唱歌和跳舞。高高的野岭仙雾氤氲，老鸹的翅膀被露水打湿。山脚下，有松木和乌拉草搭建的屋舍。谁家的灯光长明不灭？谁家的灶火整夜燃烧？月光凄凉，狗吠不止，如果稍加谛听，还会听到隐约的狼嚎自山谷和阿尔山森林向外传递。

而这辆行驶在草甸上的运草车，带着劳动的倔强和悲恸，带着火的元素、光的个性、铁的意志，正掠过道路两边的荒地，一两只饥饿的野兔仓皇逃往黑夜……哦，陌生的奇景一个个映入眼帘：洼地里雪白的芦花随风倒伏，路两边黑乎乎的树影和瘦长枝干向上伸展；伫立在北方田野上的孤松，下面是一口井或者一座荒坟。秋雨过后，磷火飘飞，白骨暴露于野，成群的高粱棵沙沙作响，像一支列兵的队伍，形成完美的布阵。而我的心，如箭一般穿越这个寒气逼人的秋天，只为了闻一闻运草车上满载的芳香。

人们永远发现不了，大地上最后一辆运草车体内燃烧着比篝火更伟大的能量，它们是青草的芳香、松果的芳香和土豆的芳香。

“黑夜，有人踏入了荒原。”

每当我读到这样的诗句，多年前夜行的经历便会在眼前浮现。我记得自己在十六七岁的年纪，终日无所事事，躲在某一部诗集里忧伤和做梦。我甚至怀疑自己患上了轻度忧郁症，白天沉默寡言，深夜到荒野上游走。迎着大风，内心呜里哇啦地唱歌，脑海里幻化出许多可怕的景物，这些景物在艳阳高照的白天不易出现：横卧在路中央的冰冷的蛇，从池塘蹿跳而出的蟾蜍，叮人的蚂蟥，以及在原野上游荡的披头散发的疯子，持刀打劫的蒙面人，传说中潜伏在黑处窥望行人的幽魂……

哦，尖锐而不可预知、残忍而暴烈的九月，那在九月里热血沸腾的阿尔山！我就这样狂热地走进了你——你的妖娆，你的自由，你的丰富，你的危险。

有一次，天空落下了厚厚的雪，我穿越铁路线，在经过一个水泥管子时听到一阵奇怪的窸窣，然后是均匀的鼾声像一缕白雾一样冒出来。我愣了许久才知道，那里面住着一个无家可归的人，流浪汉或者孤儿，或者在大地上迷失方向的人。大雪铺天盖地，呜呜叫的火车隆隆驶过，载着一个金光闪闪的时代。我看到一个孩子从窗口丢下一只枯萎的花篮。

而眼下，阿尔山外大草甸子上的运草车，多像一床吸足了阳光气味的棉被，让我在秋天绝望的浪尖上舞蹈和寻欢。

暮色里，蟋蟀的叫声从幽暗的沟渠里升起，运草车的轮子在果穗间滚滚向前。

向孤独者致敬

阿尔山离草原很近，近到伸一伸手就能摸到草原姑娘的花裙子。如果夸张点儿说，站在阿尔山的野岭子上，把鼻子向远处一用力，就能嗅到自风中飘来的牧草的阵阵清香，以及羊群和奶牛的气息，而这正是草原的气息。

再往高处一站，就能看到草原上流动着的各种景物：玉带似的河流，像一弯从天边流下的口水；风吹着帐篷，帐篷周围是起伏不定、像火焰一样燃烧的青草。镜头再拉远一些，能看到硕大的苍穹下一个缓缓移动忽大忽小的黑点，像一滴随时都会蒸发的露珠。走近后才知道，那是一个头发长长的牧人，骑着一匹黑骏马，在无边的草原上游荡。如果这个意象在诗人的脑海里亮一下，会立即有一个句子涌上来："草原，一个骑马的人。"我宁愿相信，这个骑马的人不是一个简单的牧者，而是一个哲学意义上的牧者。

草原的背景开阔宏大，那个孤独的骑马人怀抱寂寞，云游四方，目光贪婪地舔舐着茂盛的青草，像在读一部厚厚的自然之书。有许多年，他背井离乡，远离亲人，甘愿承受岁月的磨损，身边聚拢着漫无边际的孤独。在当今时代，他完全可以选择去过为人熟知的生活，那种按部就班大众化克隆式的生活，去延续人类“岁月静好，现世安稳”的美妙设计，但他却在一个雨夜走进了茫茫草原。更令人不解的是，如果用世俗的标准衡量和追究，他这么做的理由一个也不能成立，这一切的结果完全是自讨苦吃，是上天赐予他的一个宿命。

我从一位哲人的书中知道，世界上有一种人，天生就热爱独处，那活在心底的自由之光始终都在远方闪耀，像林间结冰的池塘，在阳光下闪闪发亮。为此，他背起行囊，哼起谣曲，远走他乡，在草原深处搭建起简陋的茅屋，奔赴孤独的命运；他行为古怪，思维偏锋，日子贫寒，守着他的，只有一匹马和一把忧伤的马头琴。

毡门开了，空空的四野没有一个行人。

在草原寒冷的冬天，他曾经守着炉火，吃着冰屑悉索的萝卜，品尝野兔的人生；在无数饥饿的日子里，他食草度日，体验善良的羊的人生；后来，他住进帐篷，习惯了每天清早喝一杯醇香的奶茶、吃一盘新鲜的奶酪，在那达慕大会，饮三大碗马奶子酒也不会醉，烈酒滚进喉咙，如一团火下肚的刹那，他像个快乐的帝王。平日，他的手里有一根长长的套马杆，能够征服草原上性格暴烈的马匹。他爱生灵，曾经抱着一只被冻死的黄羊低声啜泣，从这个意义上讲，他拥有了一个真正牧者的人生。

那个自杀的俄罗斯田园诗人说：“人在大地上，只有一个一生。”那么，世界上有谁能拥有并体验不同的人生感受呢？大多数的人生，不过是在日复一日、年复一年地运行，在重复中迎迓衰老降临，就像马可·奥勒留·安东尼在他的《沉思录》中所言：“一个人在埋葬了别人之后死了，另一个人又埋葬了他，所有这些都是发生在不长的时间里。”

他在草原上，与自然界融为一体，从肉体到灵魂，从形式到内容——二十岁、三十岁、五十岁……把整整一生的光阴都交付出去，交给广阔的草原，比在都市钢筋水泥的夹缝中生存挣扎、患得患失要幸福和快乐得多。

冬天，雪越下越大，马蹄印把白茫茫的草原压扁。

林中木屋

短短的时间里，我迷上了雪亮的斧头——准确点儿说，是用斧头劈砍过冬的木柴。像一个被时代边缘化的诗人，我一边劈柴，一边歌唱，一边幸福，一边忧伤。早上，那个目光炯炯的昔日猎手说："学会了劈木柴，就意味着可以在森林中生活。"

老猎手已经六十多岁了，满脸皱纹，牙齿却完好无损，能把一根野猪排嚼碎。纵观每个人的一生，都是从故乡出发，开始茫茫旅程。有的人走成了一条茂密的根须，有的人走成了一个个圆圈，也有的人走成了一个个半圆。而我认识的老猎手，却走出了一条清晰的直线：从出生到现在，他都在林中生活，双脚几乎没有离开过森林半步。这简直是一个奇迹！

在阿尔山森林，他曾用猎枪杀死成千上万只猎物，它们是活蹦乱跳的麋鹿、奔跑的野兔和凶残的野狼。直到数年前，政府下达了狩猎禁令，他一下子闲下来，便用双手在森林中建造了许多别致的小木屋。

木屋空空，无人问津，挂在墙壁上的猎枪早已锈迹斑斑，闪亮的子弹早已没了气焰。秋天，寒露一到，屋顶上遍布落叶和秋霜的光芒。

我是一个被时代边缘化的诗人，日夜梦想着与森林为伴，与阿尔山灵性的植物为伴，与简陋的木柴和炉火为伴。在这个喧嚣的时代，还有比做一个隐居诗人更有意思的事情吗？那天，我对老猎手说："把你的木屋卖给我一幢吧，我来与你做伴。"原本是一句玩笑话，哪知他竟然一口应承下来，用低廉得令人咋舌的价格，把森林中最好的一幢木屋卖给了我。我问他："你知道城里的房子卖到什么价钱了吗？"他摇着头说："不知道。"我正要向他解释，他又摆摆手，说，"不要说了，我不想知道。"

于是，森林作证，我们的协议成交。我当即从钱包里数钱，把钱交给猎手，他看都没看就把钱塞进了上衣的口袋。而且，我们没有办理任何手续，没有任何合同或一纸契约，事情的整个过程简简单单，在外人看来像是一个游戏。我只是凭着自己的直觉，而且我相信猎手也是凭着自己的直觉，他相信我。让我们互相信赖一次吧，我想，但话并没有说出，我只是上前握住了猎手粗糙滚热的手。然后，他郑重地点点头，把一把亮晶晶的铜钥匙交给了我。"其实，木屋的门没有上锁，窗没有关严，因为森林里没有小偷，屋子里也没有值钱的东西。"他笑着说。

从此，我就成了阿尔山这幢森林木屋的主人。我要做的第一件事，就是把窗户用粗毛纸糊严，把屋子清扫一遍。我到河边汲水洗脸，把满屋发霉的气味赶出去。我升起炉火，把土炕烧热，煮一壶奶茶，慢慢啜饮。我把日常的所需安置在案头：杯子和咖啡壶，诗歌、小说和经卷，宣纸和墨汁，钟表和烟斗，笔记本电脑和白桦树皮灯罩。从此，我要把坚硬的内心，像钉子一样夯进一根木桩，去触碰阿尔山森林中一个隐藏最深、最柔软也最容易融化的字眼——家。

夜晚，瑟瑟的秋雨打湿了整个阿尔山森林，也打湿了我的屋顶。屋顶的树枝下，还生活着一只野猫，它在那里睡觉，全身被雨淋得精湿。不知为什么，我脑海里转动着的，却是一只叼着香烟的野猫。

到了后半夜，好像森林里有什么事情正在发生：有许多人在黑夜里叫喊，吵吵嚷嚷，呼啸声，奔跑声。我想，如果我稍一抬头，或许就能透过发白的窗棂看到一个画面和许多张面孔。

这是第一个夜晚啊，我枕着一只新做的燕麦枕头，心跳如鼓，听着雨声从南到北地滴落，雨声落到河里，像一只顽皮的松鼠那么奇妙，动作轻盈又蹑手蹑脚。

走起路来相当费力。他低头一看，果然看到自己的双脚被人捆住了。这是谁干的？他从口袋里掏出刀子，好不容易挣脱了羁绊，发疯似的跑向浆果地。结果你肯定猜到了：那里一粒浆果也没有了，与浆果一同消失的，还有整个聪明无比的浆果队。

这件事让他明白了一个道理：对于哪怕有一点点好处的事情，也不要认为世上的人都满不在乎——当你满不在乎的时候，那里已经挤满了人。

现在，有一些精明的家伙，看到行情不妙，便放弃了浆果生意，转而去森林里采摘黑木耳。黑木耳的价钱不但比浆果高出许多，还不容易在炎热的太阳下坏掉。而他，永远是个像木头一样迂呆的人，怎么也学不会他们的精明。他的妻子知道这件事以后，并没有特别地埋怨他，只是心疼地给他打了一盆热水让他烫脚，并让他以后离开浆果队，或者干脆不去采浆果了，在木屋子前圈块地，养殖奶牛。他们依靠勤劳的双手，无论怎样，从牛身体里挤出的奶不会变成假的。听了妻子的话，他也动了心思，整整一夜没合上眼。窗外下了一夜小雨，天亮的时候，他只觉得脑袋像灌了浆果的汁液一样黏稠。他怎么也拗不过弯儿来，心里郁闷了很长一段时间。后来，他终于明白了一个铁的事实：他是太爱采浆果这种简单又迷人的劳作了，他这辈子都离不开红红的野生浆果。让一个真正热爱浆果的人去养奶牛，这不是要他的命吗？总之，他今生注定不会再做其他的营生，他是为一粒小小浆果而生的傻瓜。尽管，在采摘浆果的路上，他受尽了来自人间的屈辱和嘲弄，但只要一看到野地里那一片片玲珑剔透的果实，他就顿时变成了世界上最幸福的采摘者。

时隔不久，浆果队无声无息地解散了。听到这个消息后，他快快不快了好几天。不管怎样，这意味着采浆果的行业彻底衰败了，往日热闹的光景不复存在。争抢和算计成为过去，一切都是一场空空的虚妄，想来真是可笑。唯有采摘浆果的记忆在心底如小溪一样流淌，在他卑微的身体里闪闪发光。

就这样，像这个故事的开头，他成了阿尔山最后一个采浆果的人。

九月是金色的，风吹着阿尔山人丰收的篮子和喜悦的脸庞。谁都不会注意到，在阿尔山脚下金色的道路上，有一个人的背影孤苦伶仃，他显得如此瘦削，目光流露出迷茫和忧伤，头发像荒草一样蓬乱。

农事诗：葵

那时候，我其实并不熟悉葵花，更谈不上读懂它的本质和内涵。它瘦削的姿影在大地上晃动，增加了平原上以植物命名者的高度——我知道，它沉甸甸的头颅在不停地旋转，始终朝着太阳的方向。它是紫外线的情人、光的热恋者。

当时，我站在故乡的高坡之上，村庄刚刚经历了一场秋收，眼前的景象荒芜而又苍凉，像一片被风暴袭劫过的海洋。望着田野上被砍倒的大片葵花杆，一种荒凉的美感如惊慌失措的地鼠，迅速蹿入了我的心间。我年幼的心，既有点儿莫名的兴奋，又有些莫名的慌乱，一切都是莫名的。

此后，秋天的露水布满了田野，收割后的田野很快进入冬天的调整时期。此时的田野像一个经历生产的妇人，看上去那么虚脱无助。整个冬天，她睡着了，在静静地等待来年的种子重新播入土壤，让自己再一次受孕。哦！冬天的平原，像阿尔山脚下的原野般一望无际的平原，无论日出还是日落，都没有任何遮拦。

布谷鸟叫的时节，我目睹了乡亲们在春天耕作的情景：一头黄牛在吆喝声中低头用力，随着一声鞭响，犁铧的锋刃残忍地切开大地的腹部，紧接着是一股刺鼻的泥土气息冲出地面，强烈的气浪浮在半空中久久不肯散去。我听见地下的草根被斩断的声音，以及泥土在漫长冬季发酵后气囊般的爆裂声。

我相信春天的大地会随着第一声春雷开裂，种子苏醒，土地之神会在瞬间钻出，守护一年一度的丰收。因为农人是大地最忠诚的儿子，神灵要成为他们的庇护者，完成他们用汗水换来的祈愿。

成年后我才意识到：世界上最好闻的气味，莫过于泥土与草根结合产生的气味，当黑色或褐色的泥土毫无保留地袒露地面，如果再加上绵绵细雨的糅合，气味就更好闻。它们的新鲜和热烈是上天赋予的，带有天然的原生质地。这种气味，要远胜于城市园林和建筑回廊中令人头晕和嗜睡的丁香花瓣的香气。

至今记得，在冬季铺满了麦草的炕头边沿，我最早见到葵花结出的饱满籽粒：小小的坚果，子弹般清瘦，剥去外壳，裸露的果仁呈现白色的肉质，放到嘴里，满口的香气迅速漫延，渗入味蕾，让味蕾愉快地变成开屏的孔雀。至此，我知道大地上所有果实的可食之香，区别于玫瑰花朵的要害，仅在于舌尖与嗅觉的界限。而正是这一步之差，让人类的审美有了南辕北辙的偏离。

在贫寒岁月，像一把盐，葵花的籽粒装饰和点缀了乡亲们寡淡的胃液，也让葵花名正言顺地归类于农事。

长期以来，有一个问题令我十分迷惑：身材高大的葵，原本拥有一座巨大的果实之仓，却为何结出这般小小的籽粒？造物主最初选择了它，究竟出于何种动机，是出于设计的精心，还是随性的怠慢？作为一种既不是树木也不是庄稼的植物，它是上天的主力军，还是下脚料？也许，这些问题在植物学家眼里是粗浅的，也是可笑的。

要读懂一种植物，需要时间和觉悟的洗礼。在阿尔山，我终于对葵花有了一种崭新的认识——哦，一望无际的葵花！一望无际的金子！

在九月疯狂的阵雨过后，在牧人和猎手吹奏出的阵阵欢快或悲凉的唢呐声中，大片大片的葵花列队整齐、挺拔有声、飒然肃立，像无数张开的嘴巴，向天空发出了群体性的呐喊。

灿灿金轮，星罗棋布，若风车旋转，完美而柔韧地构成了一个能量的磁场。

自此，我确认葵花是一种有生命活动和独立思维的植物，在看不见的内部，它拥有一个深谙冷暖的内脏、一副天然的好嗓子，却唱着一支支让人类听不到的歌曲。

我确认葵花还拥有完整如人类的大脑沟回，否则，为什么一出生，它们就如此坚定地跟紧了灼热的骄阳？为什么一出生，它们就高擎成一座即将喷发的火山形象？

那一刻，我突然像梵·高一样爱上了这种农事诗般的植物，准确点儿说，是爱上了一种深沉内敛、金属般铮铮作响的语言。

废邮箱

整整一个冬天，我待在屋子里无所事事，听着窗外的风声，一张旧报纸就能让我消磨一天。为了整理一摞旧信札，我翻箱倒柜，忙碌了整整一周；给远方的朋友复信，哪怕是短短的几句话，也要写在纸上，然后到镇上的小邮局去发信。

我拒绝乘车，口袋里装着一摞书信，它们在我的手里有纸质的亲切温度。我步行十几里路，来到那个被粉刷了绿油漆的小门，远远望去，里面黑洞洞的。邮局里坐着几个胖胖的姑娘，正守着电脑用QQ与网友聊天，似乎很忙碌。她们见我掏出一叠信封，抬起头不情愿地问："是发挂号吗？"我说："不，发平信。"她们的表情瞬间起了变化，嘴唇像屋檐的一角翘了起来，仍是不情愿地嘟哝了一句："现在很少有人发平信了，如果不怕收不到，您就发吧。"我听了微微一愣，这才意识到时代已经变了：是啊，现在谁还有闲心在纸上写信呢？

我一时无法作出解释，说自己没带电脑？说自己不喜欢发电子邮件，只喜欢书写？都显得多余而矫情。事实上，像季节的候鸟，我短期居住在偏僻的胶南，这里有山野、大海和树林，缺少的是喧嚣和热闹。当然，自然界也有自己的热闹——冬天，芒草和荻花铺满了海滩，各种动物都在里面奔跑和睡眠，而海滩外的大片丛林，茫茫积雪下隐藏着金色的叶片。

我害怕书信丢失，只好选择挂号。在每一封信上补贴邮票，花去了一个钟头的时间。

从邮局回来的路上，我想起多年前生活过的小城。那时，我居住在河边一幢低矮的房子里，那时我刚刚开始一场朦胧的恋爱，每天都要给女友写一封信——我不敢妄称它们为情书，因为信中没有牵涉一个肉麻的字眼。我们每天一封书信地谈人生和理想，一谈就是三年时光。呵，你明明在谈恋爱却扯地球以外的事，天底下还有这么虚伪的傻瓜吗？为了方便收信，我特意让小城里的木匠做了个邮箱，涂上绿油漆，上锁，牢牢固定在蓝色的木门旁边。那时候，母亲还算年轻，穿着一件长长的花格子布裙，双手沾满了面粉，忙忙碌碌。春天过后，母亲蹲在院子里种花草，有木槿、金盏花，也有草莓，还种植了一些紫藤和爬山虎。它们长得可真快！一两个月后就爬满了墙壁，攀上了屋顶。母亲找人在院子里搭了一个木架，让这些植物可劲儿地生长，直到垂下一片夏日浓荫。

而我，坐在紫藤花架下读书、发呆、写信。写到中途，凝神停笔，虫子在月光下的瓦砾中叫得人心里泛起一阵莫名的惆怅，像电影中的一列小火车，蜿蜒穿越隧道。

那时，与脸皮较厚的网络时代不同，写信成了一个不可告人的秘密，那些飞鸟似的信笺，两点一线地穿梭在两个小城的道路与天空之上，在一个少年和一个纺织女工之间实现着热力的传递与交换。而且，除了一些伟大的字眼可以直奔主题，一切酝酿于内心的风暴与雷霆都将化为灰烬。有多少情感的表达因难以启齿无疾而终？第二年春天，女孩突然来信说她要嫁人了，男方是个卡车司机，是她父亲老战友的儿子。收到信后，我破例地没有立即回信，在恍惚中度过了一段时日，直到再收到她的来信，才仓促地写了几句搪塞的话：我病倒了，发了十来天热，今天刚刚退烧……她接着回信，还寄来一罐喜糖，字里行间，散发着幸福的信息：她还沉浸在新婚的兴奋中，讲述婚礼的隆重场面和蜜月旅行的种种异乡见闻。我一气，决定中断这种不公平的书信往来，当晚就把她的全部书信略加搜罗，粗暴地塞进一个废纸盒里，拎到河岸上烧掉。面对冉冉上升的火焰，我的内心想到了什么？委屈、懊丧、嫉妒、怨恨、自尊、虚荣、失败……各种情绪得到了释放。然后，我把纸盒子丢到水里，看它像一只乌篷船那样漂远。

这是一段青春旧事，关乎一个时代的荷尔蒙，也关乎一个人的美学原则与心理承受度——这让我觉得，人无论活到哪个份儿上，总有一些东西无法完成超越，比如对情感的占有欲，再比如趣味选择和思维习惯。人啊，在骨血的深处，有着对旧物的天然迷恋。

后来，母亲来电话，说突然接到一纸通知，小城的老房子面临拆迁，让我回去收拾一下自己的东西。母亲透露，旧居之上，将被大片的高层建筑取而代之，改革开放的曙光终于如期抵达。此时，我已在外漂泊多年，几乎不假思索地对着电话吼道："拆吧，拆吧，到处都是……"

从居住分配空间，可以判断一个人的家庭地位。我住过的房间位于阴面，面积最小，至多有十平方米，窗外即是人头攒动的马路，散发着腥味的肉铺，以及散发着霉味的杂货店和阴气很重的寿衣店。如果不是近处有条河，一切可谓乏善可陈。有一年冬夜，睡眠中的我被一个疯子隔窗骚扰，受到惊吓后，我索性拿一把铁锤，将窗子牢牢钉死，只留下一道缝隙用来维持呼吸。其质地结构与监牢何异？因此，当母亲给我打电话时，突然浮现的回忆让我的生理产生了难以掩饰的恶感。

但说归说，我还是回去了一趟。哪知时隔一两个月，老屋已化为一片废墟。此时的母亲，已经搬到大姐家临时过渡，她神情凄惶，流露出对未知日子的担忧和不安，这让我悄然泛起一阵心酸。

当天夜里，母亲带我来到旧居原址。时间已是立秋节气，周围光线幽暗，在废墟之上，需要借助手电筒来辨别事物，好在我嗅觉灵敏，顺利找到了目标。秋天的肃杀气息从瓦砾中烟雾袅袅地冒出来，生长多年的藤萝已经变成枯枝败叶，到处透着一股李易安诗词中的寒凉韵意。突然，我被什么狠狠地绊了一脚，很疼！在大脚趾与后跟踺之间，引发了一系列小小的冲突反馈。

我站起身又弯下腰，经仔细辨认，发现那是一个木质旧邮箱。我知道，作为许多旧日子的象征，它已经被时间压扁，蛋壳般破碎，没有分泌一滴汁液。

日子的缝隙

过了冬天，日子像树林边的小河水，流得更加欢畅，积雪被阳光一照，从屋檐滴落，渗入墙角，不留一丝痕迹。妻子说：“春天了，别老待在家里，外面天气挺好的，去晒晒太阳吧！”

胶南海滩的阳光质地比鲁中的城市好多了，透明如蝉翼，像被筛子过滤了一样。黄金的秋季，大地五彩斑斓。我坐在阳台的摇椅上，一边喝茶，一边观察一朵奇怪的云彩——它最早形似一匹快马，出现在大珠山上方，发疯似的狂奔了一阵，后又变成一位美髯老者，苏格拉底般在丛林间缓缓散步，口中发出痴狂呓语。说真的，我喜欢云彩作为老者的形象，暗合了我不可救药的精神价值取向，较之嘈杂的耳边市声，它更接近诗性与哲学的光芒。

至今记得在胶南的第一个夜晚，夜半醒来，听到耳边有杀伐之声，仿佛大兵压境：轰隆隆、沙沙沙、咚咚咚。大风吹起，万马嘶鸣。是梦魇了吗？终于奋力把眼睛睁开，盯着屋顶呆愣了半天，当看到淡绿色的窗帘在微微拂动，窗台上有一束紫罗兰，才松下一口气来。

惊蛰过后，大地转动身躯，把草木的芬芳托向地表。那一晚，我记住了第一声春雷的神秘暗示——它让我学会安妥自己的灵魂，与自然为伴，做海滩上的一株荻花。

在2011年的春天，我实现了自己人生的又一个小小夙愿：在今生今世，成为大海的居民，像遥远的梭罗远离喧嚣，拥有自己的瓦尔登湖。此后，我将在黄昏的余晖中漫步沙滩，嗅着淡淡的海腥味，在宁静淡泊中度过下半生，心灵紧紧贴近泥土——“面朝大海，春暖花开”，写这首诗的海子，把这个画面停留在了想象之中，并且注定永远不可能变成现实。山海关外的旧火车一声长鸣，卷走了一个诗人全部的梦想，至今已经过去了二十多年。人间在这二十多年里发生了多少事情？对于海子的自杀，我自然表示对诗人的尊重，他有选择的权利，况且他个人的心灵处境也相当微妙。但话说回来，人生短暂，每个人只有几十年或至多百余年的存在光阴，在艰辛中跋涉，感受随时间而来的智慧与重量，朴素、谦卑、真诚、简约，不更应获得上帝的青睐与嘉许吗？上帝在高处完成着执灯的使命，那执灯的上帝只有一个。我们是人，为何轻易舍弃人的生活？就这样，我把他的诗歌变成了一株大麦，移栽到了现实的麦地中。

一年过去，我喜欢上胶南的空气和随空气漂来的淡淡海藻气息。城南条条静谧的公路，是世界上最寂静和整洁的公路；路两旁的树木和花朵，不加修饰地赏心悦目，绝无半点作秀的意思；一家古朴的面包作坊，远远飘出类似荷叶的香气。像阅读一册自然日历，从春到冬，妻子和女儿与我一道度过这人生平庸懒惰的时光，她们在海滩上欢呼雀跃、大喊大叫，赤足踩灭一朵朵盛开的浪花。女儿在灯下完成学校布置的假期作业之后，拿着画夹去林间写生，结识各种植物。在多汁的夏天，她先后认识了马鞍藤、野葡萄、商陆果，还写了满满一本日记。写作闲暇，我教她背诵顾城的诗歌：我是一个任性的孩子/我想涂去一切不幸/我想在大地上/画满窗子/让所有习惯黑暗的眼睛/都习惯光明。

如果不贪心，一点微小的事物都会给日子带来惊喜：春天里吃到一顿纯天然的山野菜饭；从一位老婆婆那里买到一只散养的柴鸡；大珠山上传来杜鹃花开的消息；吃到新鲜的牡蛎、扇贝、虾虎，以及九月肥美的梭子蟹黄。

尤其让我惊喜的是，离小区不远处，有大片野生杂木林，穿越丛林便是一处野沙滩，这是一片未经开发和未被污染的沙滩，一切都保持着原生态，顽强地呈现野性的生命力。每天黄昏，游人三三两两地穿越树林赶来，有的还带了帐篷在沙滩上野营露宿，支起一根炮筒子似的望远镜观察天象。他们风尘仆仆，鼻梁上架着大大的墨镜，肩膀上压着重重的行李，大多来自远方——北京、上海、广州，甚至香港。

夜幕降临，夕阳在天边留下一抹残红，大海却兴奋地展示着它妖媚的身姿。我望着他们生起篝火、野餐、跳舞、朗诵普希金或埃利蒂斯的诗篇，哪怕我们没有一句交谈，我都能从内心感知到其脉络的跳动秒针，将他们归为自己的同类，指向天狼星下传说中的罗盘。那一刻，我听到有一个声音逃离了绝望的炼狱，大海透过日子的缝隙，向世界发出阵阵低语。

葡萄沟

从春天开始，我一直想约几个投缘的朋友来胶南聚聚，看看海滩和树林，吃点刚烹制的鱼鲜——春天的贝类，比葳蕤的青草还肥还嫩，而且到嘴里还散发着活蹦乱跳的气味，这和从别处贩卖来的海鲜是两种感觉。为了他们的到来，我还郑重地看了老皇历，找了一个适合远行聚会的黄道吉日。这些年，世界越浮躁，人变得越迷信，越认命。

鉴于大家都是忙人，经过协商，聚会的日期选在双休日，时间为一天一夜，交通自便——大家都拥有了不错的交通工具，有两位几年前开上了宝马，最差的一位也有一辆铃木摩托车。那几位也满口答应，说“好好好”。有人说带瓶窖藏十年的高粱酒，一直舍不得喝，借机贡献出来；有人说带个好菜，老家自养的黑猪头肉，能香到牙根里；有个家伙说，太好了，终于有个醉一次的机会了。

其实，让他们来胶南，不仅是为了品尝海鲜，还有另一层意思，是什么呢？说不清。海鲜味道再美，断不至于没了它就影响整个春天的好情绪，山花照样开，草照样绿，有了它也至多赞美几句，大肆饕餮过后，过些日子也就忘了。在春天里，只要人肯暂时放下手头的忙碌，即便到野地里站一站，都会觉得体内的血液加快了流动。如果恰巧落下一场雨，转眼间会看到山野间的树木起了变化，就像是被某一只手突然挂上了无数吉祥的灯笼。当然，春天自有春天的悲伤，比如雨水从叶片上滑落，落到一片刚刚拆迁的瓦砾上；再如田野里兀自平添了一座新坟，坟前未烧透的纸钱还冒着青烟，山路上有一个蹒跚而去的背影。

春天在我梦里的印象：雨，柳芽，残碑，瓦。

可春天很快过去了，这个小小的计划仍然没有落实，个中原因十分复杂。那么，就到秋天吧，我想。

如果秋天来，品尝完肥美的毛脚蟹子，让他们看看大珠山脚下的葡萄沟。秋天，只要一进山，就会闻到一股淡淡的酒香气，很快看到一簇簇缀满果实的葡萄架。这让人犯迷糊的酒香气是从熟过后破了皮的葡萄里散发出来的。葡萄成熟后，果园的工人收得不及时，风一吹，大颗的葡萄纷纷坠地，第二天就开始腐烂。如果再下一场雨，落地的葡萄就会发酵变质，自酿成酒，香气四散。这才是纯天然的葡萄酒，比橡木桶里的酒珍贵得多。这是天设地造的精华。可惜的是，人无法将这些琼浆玉液收集起来，只好任阳光将其蒸发。

中午，我从葡萄沟路过，看到几只灰椋鸟从天上飞下来，啄食落叶中的葡萄，它们肯定是很渴了，贪婪地喝着葡萄分泌出的液体，结果喝得东倒西歪，翅膀抖动了半天，就是飞不起来。我当即就笑了：鸟的胃小，喝不了几滴酒就会醉倒。

秋天，我走过十字坡——十字坡是一家草鸡店，与《水浒传》中的那一家应该没有必然联系，但那里同样有一位性格豪爽的老板娘。她不一定姓孙，但可圈可点之处不少：长相妖媚，丰胸，细腰，闲下来爱跷二郎腿，嘴里叼着支泰山烟。每次见我来吃饭，她都态度和气，热情有加，三句话不离本行地聊起一些令人耳热心跳的话题，而我佯装不懂，敷衍一笑而过。我像往常一样落座，点了一盘炖鸡，一个炒豆腐皮，一杯山葡萄酒。然后，我和老板娘随意地扯淡，一边啃鸡腿，满嘴流油。

她说:“知道俺店里的鸡吃啥长大的吗？”问话的姿态像脑筋急转弯，我想说“虫子”，知道答案肯定不正确，只好图省事地摇了摇头，自认迂呆。“是葡萄！”她不无炫耀，“葡萄一落地，俺赶紧让孬叔去收到筐子里，喂鸡时把葡萄加入饲料，鸡吃了鲜美的葡萄，又是打鸣，又是伸腰，翅膀扑棱，公鸡追母鸡，满山遍野地跑，可精神哩！”

说着，老板娘用手朝山坡上一指：“快看！”

我抬起头，以为她是指孬叔——那个果园里的独眼老者，稀疏的眉毛，短短的寸头，典型的“地包天”下巴，精致到可以割下来做模具广告。孬叔十二分的勤劳，我每次见到他，他手里都拿着一件农具，有时是铁锨，有时是一把镰刀，有时则是一只葫芦瓢。

有一次，我见孬叔摘下头上的斗笠，在空中飞快旋转，发出尖锐哨音，噌噌噌，噌噌噌。技能表演的高潮部分：孬叔用力一甩，飞碟似的斗笠腾空而起，一头扎进茫茫绿海。可怜的斗笠像个溺水者，再没冒上来。

顺着老板娘的话音，我极目望去，阳光刺眼，只好手搭凉棚，定睛，聚眉，终于看到一群醉醺醺的鸡，它们正伸脖瞪眼地齐打鸣：“喔——喔喔——”

大珠山的葡萄啊，牵动了多少人和动物的心跳！

时隔不久，中秋节，我约了两个远道来青岛旅游的朋友小聚，算是领略了葡萄沟的迷人夜色。她们都写诗歌，在网络上负有盛名，堪称一流网络写手，发嗲的诗风和忧郁气质不亚于当年的安妮宝贝。且这两位的行头很酷，穿一身打了几十个补丁的牛仔，裤腿则是带漏洞的，行走起来如草上飞，极为“拉风”。其中一个光头瘦脸，戴大耳环，但说话声音却细如蚊虫，恍若隔世之音，离得稍远一点儿就根本听不清。“啊，你说什么？你再说一遍！”另一位黑眼圈，烟抽得很凶，少言寡语，低头的一瞬间会用眼白猛力撞你一下，再撞你一下。

在她们面前，我感觉自己是个器官日益钝化的老者，和蔼的模样像大师兄，默默地呷茶，含笑不语，淡定静观。

比较之下，草鸡店的老板娘则风头大减，成了淑女，对我态度不冷不热，见我们谈笑风生，不时往我们的小圆桌上瞟上一眼，嗑了一堆瓜子皮。我当即心下思忖，老板娘莫不是以为我捉了两只鬼来？

此时，葡萄沟异常寂静，皓月当空，远山如墨，氤氲弥漫，蛐蛐在草间歌唱。

收网

世上称得上有趣的劳动不多，打鱼收网算一件。一边收网，一边听着船老大带头喊号子：嗨哟，嗨哟！后面的人都跟着喊：嗨哟，嗨哟——整个过程奇妙如一场行为艺术，或者一场盛大的佛事。

这时候，大海像一瓢水，晃荡得厉害，中间开出一千朵白莲花。渔船经过漫长的旅程，终于泊在港湾的宁静处，像一只大虾虎一样趴在水里喘息，它太累了。此刻的船老大显得威风凛凛，紫铜色的脸上连皱纹都绷得紧紧的，目光很酷，看谁都透着几分凌厉的光芒。这可是从大风大浪中过来的人啊，在长达一周或者一个多月的海上作业中，他躲过了多少死亡的诱惑？有时刮台风，有时下暴雨，遇险时叫天天不应、叫地地不灵。船老大的形象很古怪，尖尖的长牙，脸上卧着一只鹰钩鼻，让人联想到海明威小说《老人与海》中那个勇斗鲨鱼的老头桑地亚哥。喊号声越来越大，身后的人越聚越多，他们中有当地的渔民，也有在沙滩上玩耍的游客与闲人，男男女女，各自怀着好奇，参与到拉渔网的队伍中。在这一刹那，我突然觉得劳动很神圣很伟大，人只要劳动着，长相再普通也是美丽的。

听这动人的号子声：嗨哟，嗨哟。

在胶南，我居住的地方远离城区，周围公路宽敞，四通八达，却十分寂静，路上少有行人，站在公路上远远一望，夏天的蒸气从地上冒出来，夹杂着植物的气息。公路以东，是大片野生森林，起初我以为这样的森林不大，便在散步时走了进去，结果走了一个多小时还没看到边沿。林子里简直是个天然氧吧，各种植物的气息扑鼻而至，地上草木青青，野花和果穗缠绕一处。像一个迷路的孩子，我向光线明亮的地方行走，终于听到远处有海浪的喧哗声，紧接着听到人语。我快跑几步，发现前面是一处野沙滩。这是一处未经人工雕琢的野沙滩，除了金色的沙粒、茂生的苇草外，既无修筑的石坝，也没有观景台，没有通往沙滩的路标和指示牌，游人三三两两，大多为当地熟知地形的渔民。这野沙滩相当开阔，沿着长长的海岸线一溜拉开，抬起眼睛望不到边。

这个发现对我来说像个天大的秘密，它带给我的惊喜不亚于淘金人发现了一处新的金矿。自那以后，我的生活除了写作、阅读、看电影、到林间散步，又增加了一项内容——看野沙滩。

像一支曲子从低音区到高音区，看野沙滩成了散步这每天必做之事的高潮部分，感受如下：从幽暗的森林走出来，登陆野沙滩的一刹那，眼前为之一亮，想大叫一声；在野沙滩上行走，任海风吹乱头发，往事蜂拥密集而至，感觉泪湿眼眶，用手摸一摸脸，却是干的；夕阳西下，回望一眼森林，发现森林真的很美。

每天，在散步的路上，我都会遇到一些令人快乐的事物，比如走着走着，突然听到一阵奇怪的鸟叫从树丛间传来，声音很大，像是人模仿出来的，这时我的脑海里便会浮现出一个乡下懒人蹲在草丛里，拿两手做喇叭状恶搞，但正在怀疑之时，却看到一只巨大的白鸟兀自飞起，飘然而去，远远的叫声在林中回响。

那天，我正在海边的林子里瞎逛，正午的太阳有点儿烤人，路边的青草都蔫头耷脑的，早晨草尖上的露珠消失殆尽。为了躲开日光的直射，我绕过空地，尽量在枝叶间穿行，用手拨开树丛和灌木，走出来弄得头发湿淋淋的，也不知是汗水还是露水。青草蓬勃如歌，脚底绵软浩荡如云。我的四周响着悦耳的蝉鸣，像无数孩子在树上唱歌跳舞，又像是一支庞大的乐队在演奏。一度，蝉声让我陷入幻觉，我看到满地都是黑影，一块一块的像墨汁，并且从中跳出了星星。我感觉很不对劲儿，急忙停下脚步，定了定神，良久视觉才恢复正常。

这时候，我看到从野沙滩方向走过来一个人，他走路时身子歪歪斜斜的，像是喝醉了，脸红红的，连胸膛都是红的。我急忙迎上去问："老乡，沙滩上发生了什么事？是什么声音？"

他说："要收网了，在拉渔网呢。"

"打鱼收工啊！"我心下掠过一阵惊喜，因为我自幼在平原上长大，对渔民的生活极为陌生，拉渔网的场面我还从来没有见过。我问那个人："好玩吗？"问完立马后悔了，他的回答果然与我想象中的十分一致，几乎一字不差。那个人说："就是干活呗，有啥好玩不好玩的。"一边嘟哝着，那个人沿着林中土路走远了。望着他的背影，我突然悟出一个道理：在这个世界上，哪怕是一桩普通微小的事情，如果你没有见过，你就不能说它是简单的。一个人的学问再大，大得可以倒背天书，他仍然会在一株陌生的草面前显得无知，因为他不知道草的名字，不熟悉草的习性，更不知道这种草适合在何种土壤里生长、在什么季节会结出什么样的花穗和种子。

一个著名学府的大学教授，一个名满天下的大学问家，却会被一株草难倒，额头冒汗，说话结结巴巴。

后来，我走出森林，走向野沙滩，加入了拉渔网的队伍。拉渔网的整个过程都是令人愉快和兴奋的，我使出吃奶的力气紧拉网绳，竟然没有累的感觉。拉网的整个过程大约一个钟头，我去晚了，之前人们已经心怀期待地劳动了半个钟头，剩下的半个钟头是最激动人心的，因为所有的人都渴望在渔网出水的时刻看见一群活蹦乱跳的大鱼，最好是能打到一网罕见的娃娃鱼，而且多得用麻袋都装不完，拿来的木桶也不够用。遗憾的是，当网绳被全部拉出水面时，一个惊人的消息也在耳边传开：渔网破了，所有的大鱼都从漏洞里溜掉了，一船人一周的劳作白费了。

家族：花树下的狐

一个念头一旦冒出来，就会不可抑制地蔓延，像一团棉花堵在胸腔里，让人整整一天都不愉快。这个念头是：如果奶奶还活着就好了。这当然是在受了委屈的时候，或者在中秋节，寂寞像小虫子悄然爬上心头的时候。一整天我都噘着嘴，一个人呆呆地坐在秋天的土坡上，望着田野上的水洼，空中游荡的云，有时是一阵毛毛细雨，大片的红高粱立在水中。

当然，背景是童年，在乡下。

那时候，我和爷爷在村头的苹果园里生活，与村子有几里之隔。这注定我自幼没有要好的伙伴，眼里只有一些原野上的事物，苍茫的天穹和刺目的闪电。房子是土坯做的，竟然没有一块砖瓦。内屋顶用几根很随便的木头搭建，中间一根粗粗的圆木叫大梁，上面铺着苇草和庄稼秸秆，是爷爷和二爷在苇塘里割的、在田野里收的。外屋顶是红泥巴涂的，泥巴里加了些麦秸草，用来抵抗夏季的雨水。我记得在七月的暴雨天气，爷爷会把一捆捆的青草扔到屋顶上去，至今我也不知其用意。

屋前放着一口大水缸，旁边有一块磨镰石。我无聊时喜欢趴在水缸沿朝里面看，有一次看得头晕眼花了，一头栽了进去，脸埋在水里，四蹄乱蹬，幸亏爷爷及时发现，否则小命没了。

爷爷是孤独的，他身材不高，有些驼背，平日里穿一件土色的粗布衣，纽扣零乱，习惯性地敞着怀。他的脾气时好时坏，可谓喜怒无常。这让年幼的我大吃苦头，因为我无法确定他古怪的性情运行到了哪个档位。

他是个酒徒，没钱买酒喝，就用地瓜和高粱自酿，具体配方我没有学到，只记得他把一只黑釉色的大瓮埋在屋后菜地的一角，到春节前开瓮。开瓮前爷爷要做祭典：烧香、叩头、许愿。整个果园酒香弥漫。那是爷爷的节日，每天烂醉如泥，酒是他生活的全部隐秘，藏着他生命里的好日子。那些好日子已成过往，当然是他年轻时在东北度过的时光：遥远的长白山和大森林，以及人参、鹿茸、乌拉草。

那时候，爷爷带着一家人闯关东，在寒冷的长春城落脚，以做小买卖为生。开始是一个小家，格局和现在的三口之家一样：爷爷、奶奶和父亲。后来爷爷的生意渐好，二爷也从山东赶来加盟了，一家人团圆，倒也其乐融融。二爷长得高大威猛，身体健硕，到长白山一带做了伐木工。他能一个箭步跳上正在运行的小火车，抓着火车上的把手抵达森林后，再一个箭步从火车上跳下来。二爷相貌堂堂，却终生未娶，始终和爷爷在一起生活，直到七十年代末得了食道癌在故乡去世。

二爷的前半生堪称传奇。他在新中国成立前加入共产党，新中国成立后当上了长岭县的农会会长，天天忙于斗地主、搞土改。他带领穷人没收地主的田产，光金条就收了五大箩筐，但他到最后连个媳妇也没混上。据爷爷说，有一位女军人看上了二爷，三天两头地往他们位于长春郊区杨家洼子的家里跑，一进门就忙活，做这做那，像个羞涩的新嫁娘。终于有一天，女军人放下羞涩，把心事说给我奶奶听，奶奶望着穿一身八路军服的漂亮妹子，喜得合不拢嘴，当即允诺事情包在她身上，说：

放心吧，我来做媒。当晚一家人吃饭时，奶奶就跟二爷透了信，说如果这门亲事成了，周家真是烧了高香，瞧这兵妹子多俊哩。奶奶本以为二爷闻听此讯会大喜过望，却没料想二爷态度暧昧，闷头吃饭，支支吾吾。当时，我二爷一门心思想着，跟党闹革命，儿女情长的事提不上台面。为了回避这门亲事，他第二天就搬了铺盖卷到山洞里住了半个多月。当他从山中返回时，女军人早已跟随部队南征，开始了她的伤心之旅。这是二爷一生中唯一的一次“女人缘”。

据爷爷讲述，奶奶死于胃病，当时父亲只有六岁半，还不知道母亲的死亡对他意味着什么。奶奶的胃病自然与漂泊不定的生活有关，由于没钱买药，胃病犯了就靠吃枪药止痛。当时兵荒马乱，流弹横飞，人们可以在街上随手捡到子弹。奶奶听人说枪药可以治疗胃病，就从弹壳里取出药粉，用开水冲服，以求止痛。这当然是危险的，长期服用会中毒。直到今天，我们家族都搞不清奶奶究竟是死于胃病还是枪药中毒。奶奶死时恰逢东北最冷的季节，积雪茫茫，大地被冰层封得坚硬似铁，爷爷带着两个伙计用镐头凿冰层，凿了整整一天也还是冰，就只好将奶奶草草地埋葬在雪堆里。春天来临，日光回暖，冰雪融化了，奶奶的棺材从地面上裸露出来，父亲带着几个小伙伴便去撬奶奶的棺材，折腾了半天才撬开一条缝隙，经过一个寒冷的冬天，奶奶的尸体还没有腐烂，只是皮肤变成了黑色，整个面部像一块焦炭，父亲当即吓哭了。

1948 年 5 月，爷爷和二爷带着父亲守在长春他们的平房里不敢出门，天空响着流弹乱蹿的声音，大街上横尸遍地，许多人被流弹或国民党的炸弹击中，成了长春围困战的祭品。

从 5 月到 7 月，长春城一直被围困，粮早就断了，接着是断水、断电，整个城市陷入黑暗，每天都有死人的消息，空中弥漫着恐怖的气息。爷爷和二爷反复商量：逃吧，再不逃就完蛋了。他们在夜色的掩护下出了城，只随身带了些简单的物品和工具，比如一把铁钳，用来剪断城墙下密布的铁丝网。精明的二爷早早踩点，在一处城墙脚下的一个排水口旁边做了标记，他们爷儿仨就是从狭窄的排水口钻出长春城的。城外是一条河，河对岸站满了持枪围城的士兵，士兵们见是老百姓游过来，便下水帮忙，并且给他们换上了干净的军用便装。

爷爷们带着父亲脱离困厄，在城外找地方住下来，静观局势变化。时隔不久，长春宣告解放，饿得皮包骨头的国民党军举手投降。当爷爷他们顶着庆祝的礼炮声返回城内时，却发现自家的院落早已化为废墟，邻居们全部葬身火海，一个活着的都没有。爷爷说，看样子短期内不可能恢复秩序，不如我们回山东吧！是年秋天，他们历经辛苦，返回故乡山东聊城沙河镇。

多年之后，我们家族在东北大地上游荡的故事成为父亲在静夜中的讲述——父亲的口才不错，把背景、人物、时间和地点都交代得很清晰，绘声绘色地还原了当时的场景，可圈可点之处甚多，长春逃亡当然是最为惊心动魄的一章。在漫长的冬夜，在年节里，父亲的讲述总是冗长而舒缓，从黄昏到天亮，有时候我们听着听着就睡着了，但醒来之后父亲的声音还在烧热的炕头上低低回旋，像一把呜咽的大提琴。事实上，从长春逃亡出城时，父亲已经长成一个少年，鲜活的记忆始终在他心头跳跃，以至于回到山东故乡沙河镇后他们又数度返回长春，甚至在那里读了师范大学，毕业后做了中学教师。直到父亲结婚成家，在故乡找了个有文化的姑娘——娶了我妈，生了三个孩子后，才真正返回山东。在父亲滔滔不绝的讲述中，东北的时光成了他一生中最美的时光，储存着他全部的热望，投入了他生命的全部激情与梦想。直到今天，我们家族中的支脉还如血液一样在那里流动——在那里，父亲有七八个表姐和表妹、五六个表哥或表弟，分布在大连、鞍山、铁岭一带。

而我今天要叙述的一条线索，恰恰就在那个时期，这要回到故事的开头：20 世纪 70 年代中期。正是在这个时期，命运把我投放在一个果园里。

当时我五六岁，还不到上学的年龄，由于母亲是故乡小学校的教师，年幼的我便每日跟随她到学校去，并且享受着学生的待遇，像其他小学生一样端坐在课桌前。低矮的课桌是土坯和泥巴垒成的，桌面是一块水泥隔板，同学们则坐在小马扎上。印象里，这些乡下的孩子们穿着打了补丁的粗布衣服，冬天里穿花的棉袄，手被冻得皲裂，在大雪天跑到野外追野兔。因为饥饿贫穷，我是如此贪婪地依赖母亲那点可怜的乳汁，到了五岁还没有断奶。躺在母亲温暖的怀中，享受着慵懒与安全，吮完一只乳头后抬眼瞥见蓝天的一瞬是最幸福惬意的时刻。

好景不长，有一天母亲突然接到父亲从长春寄来的信。原来，父亲在长春为母亲找了份工作，在一家蔬菜公司做会计，这份工作自然脱离了母亲的专长，但如果母亲愿意，即可实现全家人的团圆。母亲读信时眉头大展，渐渐地喜上眉梢。毋庸置疑，母亲是愿意的，团圆多重要啊——尽管，从我记事那天起，父母就一直在争吵和拌嘴，吵架成了他们不可或缺的生活调料，渐成规律：三天一小吵，一月一大吵，总之很少看到他们和谐恩爱一拍即合的画面。多年之后，当父亲的糖尿病并发症爆发，生命进入倒计时，他们还是不可避免地狠狠地吵了一架！一周后，父亲便溘然长逝。作为儿子，我无权对父母的婚姻作出评论，我只知道这样的婚姻质量在那一代人中具有某种典型性。别说爱情，连心与心的彼此温暖默契都谈不上，他们整整一生都是在互相抱怨与争上风中度过的，何等悲哀！

母亲在做出与父亲团圆的决定后一直沉浸在幸福之中，全家人在一起吃饭时兴奋地谈论此事，却欲言又止，大家都瞒着一件事情：我将被留下来陪爷爷一起生活，继续在这个荒凉的村庄度过孤独又贫穷的童年时代。

迁徙的时间是正月十六，正月十五刚过去一天。那个年月，人们是重视元宵节的，观念里只有过了这个节春节才算彻底过完。家家户户的院门前都挂满红灯笼，把过年时攒下的鞭炮在这一天全部放完，好吃的年货也在这一天享用，仿佛只有这一天才配得上奢侈一回。元宵节晚上，村子里甚至比大年初一还热闹，几乎全村的人都到街上放烟花，那一晚我玩得特别尽兴，拉着二爷的手玩遍了全村，满目都是新鲜和好奇：空气冷冽，天地通明，烟花绽放，人人都穿着暖和的新装。当晚，经历一夜的狂欢，迎接我的是一个晚冬的长觉，我睡着时像只野狗一样，嘴角流着涎水；隧道一样幽深安稳，梦境也充斥着节日的画面，刺鼻的硫黄气味，夜空爆响的礼花弹。当我醒来，懒洋洋的阳光已经爬上了窗棂，母亲带着姐姐和哥哥早已坐在北上的火车上。

什么都空了，三间低矮的房子变得冷清，从此再也没有姊妹间的游戏和迷藏，没有为争夺食物而发生的口角与愤懑。

事实表明，脱离母爱的日子是煎熬难耐的，半年下来，我便百病缠身，患上肺炎、百日咳、胆道蛔虫等名目繁多的儿童疾病。这些病时常在夜间发作，两个爷爷便拉着一辆地板车把我送往镇卫生院打针，我的屁股很快便像麻袋一样布满了针孔，我身上散发着一种从医院走廊里沾上的碘酒气味，老远就能闻到。在那个时期，我是一个春天的病孩子，怕光，怕水，怕刮风下雨，总是独自一人蹒跚而行，在乡村的池塘边呆立，忧伤地躲避着说笑过往的人群。

一年之后，生产队安排爷爷看守村东苹果园，我们爷儿仨便搬进了苹果园的茅草屋，并且在这里一住就是三年，这在本质上彻底割断了我们与外面世界的联系，苹果园成了一座汪洋中的孤岛。

三年之后，爷爷和二爷在半年内相继去世，而父母也从东北调回山东，这正应了古人的那句话：落叶归根。从另一角度来讲，我们家又完成了一次意义重大的迁徙。而我恰巧在那一年到了学龄，终于和父母姊妹得以团圆。当我用陌生的眼神望着父母时，内心是多么的怯懦和不安——多年后我读到诗人艾青的名作《大堰河，我的保姆》，其中的句子十分贴切地验证了我当时的心理感受：“我做了生我的父母家里的新客了！”此种隔膜一直持续至今，无论我怎样努力也无法实现与亲人情感的完美融合。当我坐在课堂上，满耳朵的算术公式令我厌烦、昏昏欲睡，有时目光明明盯着黑板，脑袋却早就开了小差，思绪飞向遥远的地方，飞向了故乡的苹果园和一株花树，花树下有一只美丽的红狐正在逃窜。

创作手札　立于林边雪地

1. 作为一个散文家，格局和见识至关重要，我经常对身边的朋友说一个观点：大海与小河沟的差距在哪里？大海之所以为大海，就在于其巨大的包容性，包容到有垃圾、各种动物的排泄物，但只有大海里有巨鲸、油轮和帆船。山涧小溪清澈见底，但里面存活的是小鱼小虾，不会有大鱼巨鲸。一旦有了开阔的格局，就会有对世界前瞻眼光的开放式胸襟，进而才有认知上的进步，才能进入“非凡叙述”的大门。

2. 要写一个题材、一个地方或者一个物象，就要对它有百分之百的把握，做足功课是必要前提；在动笔之前找到独特的视角，找到轻松的语感，书写起来就会一泻千里，如行云流水万马奔腾。在这里，我要强调一下“轻松的语感”，即一定不要皱着眉头写作，写不下去的时候不妨放一放，回过头来读书。要时刻牢记，在太累太吃力的状态下是写不出好作品来的，硬写出来的东西多半是废品。

3. 想象力是一个作家的基本功，但好多人天生想象力匮乏。随着年龄的增长，想象力也会日益退化。张爱玲的恋爱小说，竟然写于她从未

提高现代文阅读和写作成绩的金钥匙

周蓬桦作品
现代文阅读试题详解

微火

我在野地里闲逛，手里夹着一支香烟，它可以和我内心暗藏的微火呼应，还可以让我在夜幕下或者大风中游走，穿过一条危机四伏的道路。

一个人内心的火焰，生来就有。我曾经的一位邻居，有一年得上一种怪病，躺在床上再也没有起来。他用仰躺的方式延续生命倒也罢了，令我感到残忍的是，几乎每天，他的身上必需扎满针才能缓解疼痛。我隔一段时间就去看望他，出门后都要难过好久，因为我看到一个全身被扎满针的人如何向来客展示微笑。他太太告诉我，如果哪天碰巧天气不好，大夫又没有及时赶来，老人就会陷入恐慌状态，即便他的病当时并没有发作。他让家人一次次地打电话，“大夫到哪儿了？快催催，我觉得快不行了。”一场大雨过后，大夫终于赶来，他迫不及待地朝身上指指：“快，给我的全身都扎上针。”

我听了这样的讲述，对死亡的疑虑又增加了几分。死亡究竟意味着什么？每个人必须付出死的代价才能验证。可气的是，对于验证结果，哪怕是个美妙仙境，也无法将信息完整地传递给活着的人。换一个角度说，假如死亡世界果真是个美妙的仙境，这个事实得到科学的鉴定，人类会不会忽然就变得轻松了呢？会不会丢下眼前痛苦琐碎的生活，纷纷往死亡的仙境里逃跑呢？

我记得在夜晚穿行的时候，头上闪烁的星光总会突然消失。四周晚冬的荒野、扭曲的枯树、几丛苇草、早已干涸的水洼、斜坡上的幽暗洞穴，给人一种很可怕的错觉，觉得自己置身于上帝的某种设计中了。此刻，风声、夜鸟的叫声、远处的村庄，都与生命考验达成了联盟和默契。人的恐惧正是源于这种未知，如果今夜神开恩让我走出荒野，就是最大的恩赐。而当我走出困境、抵达温暖的屋舍之后，与友人饮酒、聊天，讲述历险过程，又会很快忘记神的存在。神之所以为神，就是不轻易计较人类的失礼，而人做不到这样。

田野上有一幢草楼，那是被农人废弃的护青人的居所。想起它，我的脑子里就立即浮现出一个满头长癞疤的人，手里提着一杆火枪围着大片的农作物转悠。这个人是我母亲的叔伯兄弟，我叫他癞疤四舅。他的生活从来不讲究，饿了从土里拔出一个萝卜，渴了削下一根秫秸，从中汲取甘汁。他的身上没有一点赘肉，因为他身上一旦有了多余的东西，他就会把它归还给野地。

他的整个人生，与粮食、牲口、日月、河湾、土炕等事物有关，而远离研究、礼仪、述职、嫉妒、级别等一切所谓文明社会的零部件。

日益重复的生活已经消磨了我们的激情，我们需要不间断地到野地里摄取，才能获得天然的元素。有时候，我真的羡慕癞疤四舅，他怀抱一杆土枪做梦，秋收后离开田野，熬过冬天，直至过完一生。后来在一年秋收过后，他果真死去了，过了一个多月才被人发现。于是人们感叹："癞疤可真可怜啊！"但我分明看到他倚着土墙的样子，死亡在他的脸上流淌得十分安详。

在癞疤四舅死后不久，我姥姥镇上的大人物——一个姓胡的镇长死了，镇上顿时热闹起来，全镇停工三天。接下来是隆重的追悼会，吹吹打打，送葬的男男女女都哭肿了眼睛，可结果还是得把镇长埋到荒野里。胡镇长死后不到一年，他年轻的老婆就改嫁了。而在此之前，人们就早已不再提起胡镇长。

今天，在沉沉夜幕下，我重温着人世间发生的这些事情，感到人的一生像一支燃烧的香烟，吸一口才能亮一下。

1. 下列对文章有关内容的分析和概括，最恰当的两项是(　　)。

A. 文章语言风格古朴自然，能灵活运用比喻、拟人、夸张、反问等修辞手法，使叙事更生动、议论更形象

B. 文章叙议结合，大处着眼，小处落笔，折射出作家对人类的悲悯和对人生的探寻，从而把作品提到一个很高的思想境界

C. 文章第三段对死亡世界的思考颇为独特，大概正是因为

对死亡世界的无知，人们才会贪生怕死

D．文章第四段讲“我”曾经一走出荒野就忘了神的存在，就是要以人对神失礼反衬神的宽容

E．姥姥镇上的胡镇长的葬礼风风光光，但他很快被人们忘记了，他老婆也改嫁了。他生前风光，死后速朽，强烈对比说明了人死光灭的道理

2．文章第二段写了一个得病的邻居，联系全文分析这一内容在文中的作用。

3．通读全文，分条陈述“微火”的丰富内涵。

参考答案：

1. BC（A 项,“语言风格古朴自然”错误，且文中未用反问。D 项，讲述“我”走出荒野，主要是为了突出“微火”的意义，即某种信念对人的鼓舞作用。E 项，理解有误，不是“人死光灭”。）

2．这一段写了一位邻居身染怪病简直生不如死却有着强烈的求生欲望，而且还不忘对访客露出笑脸，这一形象证明了“一个人内心的火焰生来就有”的观点，与第一段所写情形相映衬，表现出“微火”对人的重要性。这位邻居的遭遇引起下文“我”对死亡世界的思考，为揭示文章主题做了铺垫。

3．①微火指香烟的微小火光；②微火象征强烈的求生欲望；③微火象征人在困境中的顽强意志；④微火象征平静有意义的人生；⑤微火象征人的生命渺小脆弱。（答出三点即可）

仰望星空的夜晚

在我生活的城市，已经看不到真正意义上的星群了。雾霾与灰尘布置的背景下，只能望见隐约的星星，似乎在闪动，又似乎在疲倦地打瞌睡。更多的时候，夜空是灰蒙蒙的一片幽暗，什么也看不见，可谓“伸手不见五指”。而今年秋天在仰天山的山顶上，我终于目睹了一次明亮耀眼的星群，它们像一树瞬间绽放的梨花缀满枝丫，迷人的景象注入心头。

其实，那天并不是个适合观星的日子，北风从黄昏时分就开始吹起了号角，把山下的落叶与灰尘吹得一干二净。山脚下的房屋像若干个木柴制作的盒子，错落有致地组合成村庄与家园。夜幕来临，灯火飘忽，鸡鸣狗吠。我想，在山区长年生活的居民，有几人是观星爱好者呢？我们跌跌撞撞地进入工业时代，受到金钱冲击，观念也在裂变，无论是说还是做，似乎对物质更加膜拜。

远离了淳朴，远离了天然，远离了童年的大地山川，更远离了头顶闪耀的星群，也丧失了激情动力，甚至连爱情也染上铜臭的杂质。

位于鲁南青州的仰天山，我不知道这个名字的来历，猜测其背后应该有一个美好的故事或传说，或许源于某位艺术家的偶然造访，又偶然发现这里的山顶可以看到最美的星空。

对我而言，仰望星空是一次灵魂的清洗行动，不需要太多理由，只需选择一处地势较高的观望台，木质结构的围栏，视野可以瞬间抵达远山，山影浮动，遥远的河流若仙女的飘带。而头顶的夜空，是多么寂静，只有银河的水波在小声流淌。

起初，面对沉沉黑幕，我习惯性地朝高处仰望，尽可能地让目光穿越云层和雾障，越过些，再越过些，在原地仰成直角。但结果却什么也没有。当时我太失望了，心脏像被针刺了一下，秋风在耳畔呼啸作响，忽然听到附近的观星者们大叫："快看，好大的星星！"于是我重新定位视线，把视线放低，终于惊喜地与花团锦簇的星光相撞。

当目光与星光对接的刹那，我忍不住流下了眼泪，因为感觉星星离我的眼睛太近了，仿佛在瞳仁上跳跃，伸手就能触摸到，我甚至能听到来自星星的呼吸与心跳，它们那顽皮的样子像一群天真的孩子。对比之下，就能判别地面上的空气污染有多严重。按理说，仰天山的高度不足以让星星改变运行的位置，以至于在视觉上变得又大又亮，这样的星群应该站在地面上也可以领略到才对，就像我的童年时代——在村口，在旷野，在场院的草垛或乡村的天井，只要天气晴朗，一仰头就能看到满天星斗和绚烂迷人的银河。

而今夜的星群，在耀眼的光芒之外饱含哀愁，欲言又止，似在发出这样的诘问：人间发生了什么？道路与出口在哪里？星群的哀愁就是上帝的哀愁，我如是想。

在经历了那个仰望星空的夜晚后，我写下一段日记："今夜，山顶密集的星群可以和蜜蜂比肩，如此清晰的闪亮胜过成吨的语言，它们嘤嘤地朝我飞来。"这样的夜晚在人的一生中弥足珍贵。人到中年，常会感慨自己仍然会被感动，还不至于麻木到冷漠的地步。人们终日奔波忙碌，渐渐远离了星空的指引，顺应了惯性，跟随时间的脚步踉跄前行，最终沉迷于物欲，而背离了物质是为了让生命更有价值的初衷。真正的人生是有境界的，是与自然、花朵、心灵、星空这些美好的物象一同存在的。许多人到老了才意识到这一点，但似乎一切都晚了，因为走过的路不能重新走一次。

1．文章第 6 ~ 8 自然段中，“我”仰望星空时的情绪发生了怎样的变化？请简要概括。

2．文中的仰天山有何特点？请简要概括。

3．请赏析文中画线句子。

4．探究“仰望星空”的深刻意蕴。

参考答案：

1．失望—惊喜与激动—向往—哀愁。

解析：第 6 ~ 8 自然段讲的是“我”仰望星空的过程。首先是“我”没有看到星星时的失望，原文是“当时我太失望了”；然后是看到星星时的惊喜与激动，原文是“终于惊喜地与花团锦簇的星光相撞”“我忍不住流下了眼泪”；再然后是“我”回忆童年时一仰头就能看到“满天星斗”的情形，表达了“我”对美好童年生活的怀念；最后用星群的诘问，表达“我”内心的哀愁。

2．① 仰天山高耸，突破了空气污染层，是观星的好地方；② 仰天山的名字引人遐思，让人猜测它名字背后的故事。

解析：仰天山是观星的好地方，这在文中多有表述，它利于观星是因为它的高，它能突破空气的污染层。另外，在第 4 自然段，仰天山名字的由来易于引起人们的猜测，也是它的特点之一。

3. 运用比喻的手法，写出星星的繁多、闪亮，化静为动，把星群对人们心灵的洗涤作用与语言说教对人们心灵的影响作对比，突出了星群对人心灵巨大的感化作用，同时也引出了下文作者人生感悟的抒发。

解析：鉴赏句子，要从修辞手法入手。画线句子主要运用比喻、对比和化静为动的手法。如将星群比作蜜蜂，“嘤嘤地朝我飞来”是化静为动，“如此清晰的闪亮胜过成吨的语言”是将星群对人们心灵的洗涤作用与语言说教对人们心灵的影响作对比。画线句子突出了星群对人们心灵的洗涤作用，引出了下文作者人生感悟的抒发。

4. ①仰望星空是一次灵魂的清洗行动；②仰望星空是对童年生活的怀念；③仰望星空是对物欲社会的忧虑和反思。

解析：“仰望星空”是本文标题的一部分，也是本文写作的主要内容。作者从空气污染入手，重点写在仰天山山顶仰望星空的过程和感悟。“仰望星空是一次对灵魂的清洗行动”，传达出作者对物欲社会的忧虑。而灿烂的星空是作者儿时的记忆，因此，仰望星空也勾起了他对童年生活的怀念，那时不仅空气没有污染，而且人的心灵纯朴。

鸟巢

当疾风来临，我看到树干在风中摇晃，枝条像受惊的孔雀，羽翎收缩。那一刻，鸟巢承受了巨大的考验。待疾风稍有收敛，大颗大颗的雨点却砸了下来，使整个世界都沉浸在一片骚动的汪洋之中：羊群乱作一团，叶子噼啪爆响，尘土高扬，乡道上飞奔着一辆木轮车。

而在鸟巢中，另一幅动人的景象出现了：母鸟张开它的鸟翼，紧紧护卫着雏鸟。它毫无保留，献出了它的全部。

其实，母鸟的翅膀不大，根本抵挡不了肆虐的风雨。嗷嗷待哺的雏鸟意识不到这些，它们依然张开的嘴巴，像盛开的金黄花朵。

暴雨过后，地面被雨水冲洗得干干净净，连平时看不见的蚁穴都清晰可辨。路边的池塘里，响着哗哗的水声。这时候，至少有三股溪流从不同的方向赶来，注入池塘。

塘边的树垂下头来，它拥有一头潮湿的乱发。原本隐藏在枝叶间的鸟巢暴露出来，树下落满了被雨淋湿的草茎，夹杂着几根散乱的羽毛。

我常常到树下捡拾鸟蛋。麻雀产下的蛋只有拇指肚大小，与鹌鹑蛋相似。当整个鸟巢被风掀翻，它们落到地上，碎成一汪蛋黄。而完整的鸟蛋，花色的蛋壳被蚂蚁蛀空。

我把捡拾到的鸟蛋拿回家去，放到鸡窝里孵化。有一次居然成功了，遗憾的是，五只完好的鸟蛋只有一只变成了麻雀。

那只瘦小的麻雀被我养在笼子里，和一只蝈蝈为伴。但它一直很不开心，整天蔫蔫地睡觉，而且长到很大了也不会叫，经我爷爷诊断，是一只哑巴鸟。

我对它呵护备至。后来，我把它带到了城里，它大概不适应城市的空气，不到三天就死掉了，嘴角上吐出一丝血，是一点点咽气的。我目睹了一只麻雀死亡的全过程。后来我想，这是一只哑巴鸟，还是一只苦命的鸟。

上帝仅仅给了它一双小小的翅膀，而它却被囚禁起来，把短短的一生交给了鸟笼。

有些鸟巢是筑在草丛里的。在我生活的地方，离城十公里外有个阔大的草场，大片的萱草上结着茸茸的穗子。某年深秋，我和妻子到草场上去采风，在一丛枯黄的深草里，发现了一个制作精美的鸟巢。是的，世上最好的工匠也难以制作出一只那样的鸟巢，它真是精美到家了：圆的精确度只能用圆规才能达到，最外面的一层是粗糙的树枝，甚至有几块树皮，而最里面的一层却是细细的、发丝般柔软的绒草。用手触摸，能感到它的舒适和温暖。

我们当时激动得说不出话来，想一定是一只或者一对细心的鸟，才能做出这么好的巢穴。

它们搬迁到哪里去了？我小心翼翼，想把它从草丛里取出来，取了半天竟没有取下。原来，它们对可能出现的破坏早已料到，设置了防御。不然的话，一阵风就能把鸟巢连根拔起，吹上天空。

事后，我记下了那个鸟巢的大体方位，在我的笔记本上，至今留有一行这样的记载："电线杆上有T字形，西有石堆。北十米开外的深草，一株矮桑，其下有巢。"

五年前的冬天，当时我正在写一部长篇，在一场鹅毛大雪后返回阔别十五年的故乡。车子接近村庄的瞬间，率先映入眼帘的是屋舍之上大片黑黝黝的树影。叶子已经落得精光，但树杈上的鸟巢却多得数不过来，一个比一个大。它们形成了当代乡村生活独特的景观。

而我亲爱的爷爷的坟墓，却永远消失于一片积雪和麦田里了，再难觅踪迹。那天，我只好把一瓶准备好的烧酒祭奠给村东头的田野，把一根点燃的香烟插入了雪中。

耳边传来一波一波的鸟鸣，我泪流满面。

1．文章写了几处鸟巢？

2．赏析文中画线句子。

3．为什么在文末插入爷爷坟墓的描写。

参考答案：

1．①风雨中，鸟巢中母鸟张开鸟翼护卫雏鸟；②暴雨过后，鸟巢落在地上一片狼藉；③草丛中的鸟巢精美而温暖；④五年前的冬天，回乡时，看到村旁一个个的鸟巢。

2．环境描写，描写了暴风雨中羊群、树叶、尘土的狂乱，以及飞奔的马车惊慌混乱的场面，衬托出鸟巢所受的摧残，为下文母鸟护卫小鸟的温馨场面做铺垫。

3．鸟尚有巢，而爷爷的墓穴却难寻踪迹，用鸟巢衬托，写出对爷爷的哀思和追念。

还乡

忧郁的诗人在冰雪消融的声音里踏上了还乡的路。他的手里没有雨具，眉毛上沾满晶莹的霜花。虽然时令已经是早春，最后一场雪却在北方很情绪化地降落。他后来发现，路两边的树木已不存在，连树墩上的年轮也与他的过去无关；小时候住过的旧房子，残壁上画满了歪斜的字迹，早已在某个风雨交加的夜晚倒塌，土炕的气味蒸发殆尽。他的过去，被时光的锋刃严重切割与毁坏。

更有趣的是，一些豁了嘴的老人，朝他投来陌生和质疑的目光。他忽然意识到：一切都起了变化，那个瘦小的儿童没有了，他已永远消失在村庄凛冽的风口，消失在池塘和磨坊月光映照下缭绕的薄雾里。

孩子们手拿一根返青的竹条，在他的衣服上留下一道道划痕。他轻轻地笑了笑，把棕色巧克力塞到他们玩泥巴的小手里。

他们不知道，多年以前，眼前的这个人是他们父亲当中的一员，年龄和他们现在相似。只不过后来他离开了村庄，入了远方城里的学堂。然后他盲目地长大，游走成了他生活的主要内容，在很长一个时期，他找不到坐标，找不到意义。走得越遥远，对自然与朴素的怀念就越强烈。

那些童年的伙伴们却留在了村庄，守着黑乎乎的屋门和一垛垛清香的干草、马的汗味、狗的叫声。他们的梦想不多：春天翻修一下漏雨的屋顶，积攒一些钱过一个好年，把儿女催交的学费凑足。他们让土地长出茂盛的庄稼，同时生命中一个个美好的日子也被土地拴住。由于没有太多的梦想，这样的生活说不上好。但他们认了，也就说不上有多么糟。他们的想法都比较简单，甚至不清楚自己的处境，不清楚那些城里的人，为什么一边吃着他们种的粮食，一边投来轻蔑的、自以为是的目光。难道他们欠了那些人什么？不，恰恰相反，是那些人欠了他们的——欠了土地的恩赐和营养。一株麦子的生长过程绝不亚于一台机器的生产加工过程，但它被某类人在大口吞食之后习惯性地忘记了。

农夫在春天开始劳作。这劳作不是短暂的生活体验，而是将全部身心都交给土地，眼前永远是绵延起伏的黄褐色，没有尽头和出口。在最炎热的骄阳下，哲学家和诗人都在有空调的房间里午休，而一头牛的叫声就会把农夫从瞌睡中唤醒，到田间除草，或者捕捉禾苗上的昆虫。在那一刻，他们有权利对一个趾高气扬的还乡者不予理睬，而自顾照管好一垄春麦、一辆木车和一沟渠水。

诗人之所以千里迢迢还乡，乃是出于精神的严重缺损。城市的声音多么热闹，似乎每天都在发放诱惑的彩票，大街上人流穿梭，充满了欲望。在那里，他其实早已成为机器上的一颗螺钉。有限的资源与强烈的供需愿望产生了不可调和的矛盾，人们会陷入无休止的争斗与倾轧，生命的水分被紧张忙碌的生活榨干。攀比的风气愈演愈烈，嫉妒与焦虑让精神世界得不到应有的休息。多年前，托尔斯泰曾提出过一个“改造生命”的理论，但时间会自己说话，它证明人类可以改造一片海洋、一座城市、一幢建筑物，唯独生命有其永远不可改造的特质。

一些人走了，一些人来了，他们在城市规范的模具里大同小异。

这时候，还乡者便想起要到童年的乡间寻找自我——为什么春天的一株树和一根草会散发出令人陶醉的魅力？为什么粗糙的食物会让人在唇边感受甜蜜的回忆？为什么仰躺在麦垛上会情不自禁地泪流满面？这其实是对物质主义的抵触情绪。但当他从泥土里汲取了故乡情感的汁液，又只能选择回到喧嚣与不安的生活中去。

他似乎满足了，乡村作为一个通往天堂果园的虚拟驿站，又一次被滚滚而来的春天证实。

1．文章的主旨是什么？请加以概括。

2．诗人千里迢迢还乡的原因是什么？文章开头说“忧郁的诗人在冰雪消融的声音里踏上还乡的路”，为什么说是“忧郁的诗人”？

3．选择文中富有特色的一个段落进行赏析。（提示：所谓“赏析”，是指“用了什么手法”“表达了怎样的思想感情”“有怎样的效果”）

参考答案：

1．文章通过诗人在还乡过程中的所见、所思、所想，表达了诗人对故乡的热爱、对童年的怀念和对故乡颓废的痛惜之情，揭示了在城市与乡村人们不同的生活观念与生活环境，表达了诗人对城市生活的厌倦与无奈。

2．城市生活的喧嚣与忙碌，使诗人感觉到精神的严重缺损，返乡是为了寻找一份精神的寄托。

诗人的忧郁在于无法摆脱精神的困扰，故乡的过去与现在无论怎样也只能是精神的驿站，诗人终究还是要回到城市的洪流中。

3．本文运用了对比手法，通过对童年美好单纯生活的描写，表达了对土地、对乡村的依恋之情，进而反衬出都市的喧嚣和污染。最后两节，通过还乡的所见所闻，抒发了对故乡的复杂情怀，读后让人产生强烈的共鸣。

温泉的性格

我漫步阿尔山外，满眼都是苍茫的暮色。金色的落叶松，把绵延起伏的山岭点缀得金碧辉煌。夕阳的锦缎在天边静止不动，天空偶尔掠过一只山鹰的灰翅。而脚下的枯草丛，厚达三尺，松软美丽，如一条铺展在大地之上的羊绒毯。如果将双脚踩上去，会让人产生一种幸福的无力感。我索性软绵绵地倒在地上，后来干脆四仰八叉地仰躺下来，望天上雪白的流云蜂拥和聚集。

我知道在枯草之下，是被季节遮盖的道路，那原本宽敞的道路之上，曾经布满了牧人硕大的木轮车辙，布满了捕鱼人从村庄穿梭往返的足迹，以及北方游牧民族留下的刀光、火种和歌谣。

而道路，会在冬天的第一场雪到来时重新裸露和呈现，雪会铺开一条更加宽敞的道路。四月，牧草会重新返绿，芳香随风四溢，草籽遍地开花，马匹喷着响鼻。

神灵会从天堂把手一挥，派蜂群向人间发布春天的消息。

躺在草丛中，我的背部涌起阵阵灼热之感，这是来自大地的热度，是阿尔山地下奔涌的温泉在流淌，温泉在地下，有自己的一条道路。

温泉的道路披荆斩棘，构成了自己独特的性格。

在神奇的阿尔山，无论冬天多么寒冷，无论雪下得多么大，那埋藏在地下的温泉依然会以它强劲的热力，似火焰的能量和激情，钻出大地的表层，在雪地上形成两行热泪的流痕，带有上帝的悲悯与包容特征。

在阿尔山逗留的时光里，我几乎在每天奔走考察的闲暇，把身体浸泡在滚烫的温泉里，久久不肯离开泉水的亲昵。我企图用这种方式去亲近久违的自然，企图让这亲近过神灵的泉水洗去我被世俗污染了的身躯。我需要向岁月忏悔，需要抛弃对名利的贪欲，需要远离一些人、一些事物。

这些大大小小的温泉，不但能煮熟一篮子鸡蛋，还能让我还原婴孩般清澈的目光，愈合我内心的伤口，清除我血液中每一个老旧的细胞和颓废的因子，还原我被一个个日子掠夺和生活的重负挤压变形的性格。浸泡在水中的每一秒，我都幻想着从水中获得新的拯救与涅槃，当我赤身裸体，在沐浴之后站起身来，我已经不再是原来的自己了。

我想起海子的诗句：让我们从黑夜的道路／从泉水的道路／从大神的道路／回到人间的道路上来吧／我们已离开得太久。

1．温泉具有怎样的性格？

2．体会文中画线句子的表达效果。

3．文章结尾引用海子的诗句有何作用？

参考答案：

1．有强劲的热力和激情；有上帝般的悲悯，能洗去内心的芜杂、抛却名利的追逐；能愈合心灵的创伤，焕发生命的活力。

2．由枯草下的道路联想到北方游牧民族在道路上行走，以及木轮车、捕鱼人、刀光、火种、歌谣等，体现游牧民族生活的和谐与和平、自由与快乐。丰富了文章内容，写出了北方游牧民族生命里的蓬勃和坚韧，揭示了文章主题，体现了作者对他们的感佩之情。

3. ①和前文“温泉的道路”照应，收束全文；②点明文章主旨，歌颂大自然的美好，在温泉的洗礼下回归本真；③诗意的结尾增强语言的文学表现力；④引发人们对生命的思考，以及对人生的反思。

灶火

我喜欢火柴被擦燃时瞬间发出的声音，紧接着是一股刺鼻的硫黄气味。在它微弱的上升里，一粒火种打通了往日闭塞的道路，那里藏着我们被用完的好时光。

有一次，我从一个旧抽匣里翻出一盒有点潮湿的火柴，它身上的磷面已经明显破损。起初，我以为这盒火柴像一页旧日历，被一个时代的巨手永远掀过去了。但当我尝试着擦燃它时，不料，只听“砰”的一声，它像一把废弃的旧手枪被打响了，说出了压抑已久的语言。

于是，我闻到了一股硫黄气味，并在瞬间陷入失神的迷醉状态，眼前掠过远逝的故乡、河流、树林、雪地、亲人的脸……我把那盒火柴一根根地擦燃，一下、一下，“哧啦哧啦”的声音响在耳边，又似乎响在遥远的地方。我像安徒生笔下卖火柴的小女孩，蜷缩在世界寒冷的一角，眼前堆起一具具白骨似的小木棍儿，每一朵颤抖的火焰，都是凄美的天堂。

此时，我的内心已经塌方、决口、崩溃。我用最后一根火柴点燃了那只纸糊的火柴盒，默默地看着它化为灰烬。做完这一切，我感觉像是完成了一件大事，欲哭无泪的堵塞始终涌动在我的喉咙。

是的，人若想活回过去，只需一根火柴长度的契机，就会引发一场熊熊的燃烧。

一场罕见的北方大雪让我想起了一个久违的名字：灶火。除了雪，点亮这一意象的应该是一位手部红肿的老妪，她包着一方粗布头巾在野地里拾柴，然后背回家点燃厨房里的灶火。不一会儿，就能看到低矮的茅屋顶上烟囱冒出袅袅的炊烟，米饭的香气在空中消散，又丝丝缕缕地飘进人们的鼻孔。这气味勾引着在雪中走动的旅者、荒野上的牧羊人、一大早就跑到芦塘里割苇子的老汉……当夜幕四合，整个世界陷入黑暗，冰凉的气息在大地上弥漫，唯有灶火的意象给人带来安静、力量、勇气、持久的镇定和温暖。

我想，那个点燃灶火的老妪，或许就是我的外婆，或许是许多人的外婆，她是人间美好的化身，是神的另一张脸孔，慈祥的眼睛温柔地注视……灶火，让我有了一个奇妙的感性认知：一个童年身居乡间的写作者，那最初的人生塑造，不过是通过一个善良的女性形象来实现的，与之密切相连的，是结冰的池塘、塘中茂长的荆棘、熏黑的锅台、木质的风箱、粗糙但却喷香的食物……第二天，路边堆满了焚烧过后的草木灰。

我外婆的家在沙河镇以东，一个叫李堂的村庄，与我家的方向形成了一条斜线，中间相隔宽宽的沙河。那时候的沙河还没有干枯，到了冬天会结冰，沙河一结冰，会招引一群玩陀螺的儿童，因为玩得兴起，每年冬天都有人掉进河心的冰窟窿里淹死。大雪深深，通往外婆家的路却是最幸福的一条。

在外婆家，我第一次吃到外公从苇塘里捕来的鲤鱼，晚上还可以睡在滚烫的火炕上。外婆家拥有旺旺的人气：舅舅、表哥、表妹……我感到孤单的心绪得以化解，我甚至在那里拥有了一批最好的童年伙伴。我们在有月光的野地里游戏的情形，大雪过后追赶一只野兔的情形，至今历历在目……那一刻，所有的不愉快都被融解和遗忘。夜深人静，玩累了的我迅速进入了无底的睡眠，这时候是谁蹑着手足，将一只烤得焦黄的面饼，轻轻地放在我的枕边？它来自灶火余烬的能量。

如今，我的外婆已去世多年，和生前患有摆头症的外公埋在一起。自此，我也中断了与故乡的联系，并且一别就是十多年。直到去年春天，我才和父亲一道去了一趟沙河镇，去了外婆的村庄……乡村巨大的变化在预想之中，我只能按住难以言表的复杂心绪。河岸上的梨花依然开放，只是没了树下锄禾的人们。幸运的是，外婆生前住过的老屋子还在，我在蛛网密布的灶台前久久伫立，四壁空空，扶门框的手渗出阵阵冰凉。

我知道，当火焰熄灭，美好的往事已经走完，像一捧灶火在冬天的炉膛里完成了它的一生。

1. 文章是如何组材的？写出文章主要情节。

2. 赏析文中画线句子。

3. 本文的主旨是什么？请概括。

参考答案：

1. 文章先由“火柴”联想到“灶火”，再联想到“外婆”，进而展开对童年生活的回忆。

2. 这句话运用了比喻的修辞手法，把自己比作安徒生笔下卖火柴的小女孩，由火柴想到记忆中美好的童年，寄托了作者对童年的追忆。

3. 文章通过对童年生活的回忆，对外婆勤劳善良的性格塑造，写出了作者在童年感受到的生命的温度与心灵的慰藉，以及童年时生命中最温馨的记忆，也写出了作者对逝去的美好童年的留恋和伤感。

嘉陵江流进血管

“嘉陵江流进血管。”那天，这句话突然冒出来，一时找不到出处，似乎在记忆某处藏匿多年，像一只狗在春野东嗅西嗅，地上突然爆开一朵油菜花，狗一脸呆懵。

细雨沙沙呢喃，其中有一滴强悍地落入我的眼睛。像泪，又不是泪，幸好渝中的雨水很洁净，不伤眼。我有些忍俊不禁，因为雨滴演绎出一幕日常随处发生的小戏剧。

略带小小的惊慌，我望一眼四周，没有人发现这一幕小小的戏剧。

十一月的嘉陵江是一副很温柔的样子。我手扶栏杆，目光望向江面，只见薄雾茫茫，船只逶迤，如一首唐诗的意境，通向远古的天际。我仿佛看到迷蒙的人流、过江的马匹、水手与纤夫，嘈杂的声音在江面上飘荡……历史上发生的事件一幕幕呈现。

那一刻，我沉迷其中。

幸好，对岸是一排排林立的现代化高楼，美丽的画面将我击得醍醐灌顶。我打了个激灵，把思绪拉回现实。

我想起昨晚与朋友们的聚会：重庆渝中的夜色真的很美，尤其是在江岸的高坡之上，一边看夜景，一边涮火锅，一边摆开龙门阵。今年豪饮的场景为数寥寥，昨晚上算一次。我们举起江小白，说："为江小白干杯。"

重庆有那么多的文化遗存：解放碑、洪崖洞、湖广会馆、红岩村……而我似乎对某一方亮着的窗户更感兴趣，因为深夜苍茫，雨声密集，从那里飘来一曲小提琴的独奏。眼前幻化出一个少女的剪影，在窗口。重庆妹子既多情又爽直，完美地演绎着一座城市的性格：率真、务实、包容、大方、美丽、风姿绰约。

婉约与缠绵的元素当然也有，只不过要往后排。婉约派属于苏杭吧，我想，属于西湖，属于白素贞，属于小青蛇以及苏州评弹。

不知怎么的，我从来就不喜欢懦弱的许仙，觉得他不配拥有白蛇的爱。小时候，躲在春天的小树林里看连环画《白蛇传》，我一厢情愿地认为自己和白娘子比较合适。长大些后，又认为某一强悍的英雄人物才配得上白素贞的纯粹爱情。但假如把许仙换成武松，又觉得极其不搭。由此推理，艺术就是艺术，任何人物的性格设置都是有定数的，否则就失了形状。

试举一例：在渝中，目击李子坝轻轨像一条鱼穿越居民楼而过，先是愣怔，然后惊讶，最后是对设计师智慧的赞叹——这道风景诞生在层峦叠嶂的重庆是最无违和感的，在别处不会有，因为放到任何地方都不搭。

这是我的小小发现。

我年轻时，一度迷恋婉约。人至中年后，渐渐意识到其危害，于是抛弃，强制自己决绝一点儿，但骨子里的温和以及对他人的尊重感，让我的犀利隐藏很深。我厌恶戾气，也讨厌当下文人身上的伪犀利和一整套与世界决斗的说辞。

我开始本能地回避各种“宏大叙事”，甚至回避人头攒动的名山大川，回避貌似隆重却不走心的庆典，转而关注世界的幽暗角落：开裂的墙皮、熏黑的灶台、穿旧的衣物和鞋子、阳光下日渐衰老的生灵。在我看来，山脚下的一幢残破瓦屋，似乎比高屋建瓴更有温度，更可引发探寻与幽思。

死亡漫山遍野，人生可歌可泣，有什么比年年岁岁的劳作与人间弥漫的烟火，以及一盏茶、一炷香、一餐饭的日子来得更真实动人?

重庆人的衣食住行都透着讲究，保留着祖先传下来的设计感，堪称精致生活的典范。说起从前，渝中人哪怕过着艰苦的日子，住在狭窄的木阁楼内，也要在窗口养一丛花，用白纸折一只鹤，把涪陵榨菜切成细小的丝段，吃一碗重庆小面。

他们把贫穷的日子过成了诗篇。

遇到潮湿阴暗的季节慢慢挨，倚在窗户前持一书来读，听雨声淅沥打玩树叶，趁机好好地睡一觉，第二天终于迎来九九艳阳天。这就是达观的重庆人。

高大的榕树是有气根的，也有独特的灵魂气场。重庆是包容的，自古以来都不排外，对任何异乡客或者流浪者都不歧视，因而才成为全国艺术家的集散地、码头与中转站。而且，这是重庆的传统，否则抗战时期就不会有如此众多的作家、艺术家聚集到这里，如郭沫若、老舍、冰心、萧红……他们辗转大半个中国，一批批地赶来，如革命的火焰前仆后继，并且在重庆完成了一生中最重要的作品。

写到这里，我离开江边，来到一条无名街道。眼下已是初冬，树上的叶子还没有完全落光。在一株高大的香樟树下，我捡拾起一片叶子，发现它蜿蜒的脉络向上伸展，通体散发着奇异的芳香。

1. 分析文章标题“嘉陵江流进血管”的深刻内涵。

2. 分析文中画线段落表达了作者怎样的思想情怀。

3. 请从修辞的角度分析以下句子。

死亡漫山遍野，人生可歌可泣，有什么比年年岁岁的劳作与人间弥漫的烟火，以及一盏茶、一炷香、一餐饭的日子来得更真实动人？

4. 怎样理解“他们把贫穷的日子过成了诗篇”这句话？

5.“在一株高大的香樟树下，我捡拾起一片叶子，发现它蜿蜒的脉络向上伸展，通体散发着奇异的芳香。”结尾这一句在文中的作用是什么？

参考答案：

1. 两层含义：①嘉陵江的美给作者留下了深刻的印象。②美丽的嘉陵江已经深深地融入作者的血液，融入作者的精神世界。

2. 表达了作者并没有沉迷于歌舞升平，而是对社会底层有着一种深切的关怀。

3. 这是一个反问句，目的在于强调简单的生活更真实动人。

4. 渝中人虽然过得艰苦，但在精神层面却是很富有的，生活中充满了诗意。（可以举例说明）

5. 这一句与“嘉陵江流进血管”首尾呼应，起到了画龙点睛的作用。

收网

世上称得上有趣的劳动不多，打鱼收网算一件。一边收网，一边听着船老大带头喊号子：嗨哟，嗨哟！后面的人都跟着喊：嗨哟，嗨哟！——整个过程奇妙得如一场行为艺术，或者一场盛大的佛事。

这时候，大海像一瓢水，晃荡得厉害，中间开出一千朵白莲花。渔船经过漫长的旅程，终于泊在港湾的宁静处，像一只大虾虎一样趴在水里喘息，它太累了。此刻的船老大显得威风凛凛，紫铜色的脸上连皱纹都绷得紧紧的，目光很酷，看谁都透着几分凌厉的光芒。这可是从大风大浪中过来的人啊，在长达一周或者一个多月的海上作业中，他躲过了多少死亡的诱惑？有时刮台风，有时下暴雨，遇险时叫天天不应、叫地地不灵。船老大的形象很古怪，尖尖的长牙，脸上卧着一只鹰钩鼻，让人联想到海明威小说《老人与海》中那个勇斗鲨鱼的老头桑地亚哥。喊号声越来越大，身后的人越聚越多，他们中有当地的渔民，也有在沙滩上玩耍的游客与闲人，男男女女，各自怀着好奇，参与到拉渔网的队伍中。在这一刹那，我突然觉得劳动很神圣很伟大，人只要劳动着，长相再普通也是美丽的。

听这动人的号子声：嗨哟，嗨哟。

在胶南，我居住的地方远离城区，周围公路宽敞，四通八达，却十分寂静，路上少有行人，站在公路上远远一望，夏天的蒸气从地上冒出来，夹杂着植物的气息。公路以东，是大片野生森林，起初我以为这样的森林不大，便在散步时走了进去，结果走了两个多小时还没看到边沿。林子里简直是个天然氧吧，各种植物的气息扑鼻而至，地上草木青青，野花和果穗缠绕一处。像一个迷路的孩子，我向光线明亮的地方行走，终于听到远处有海浪的喧哗声，紧接着听到人语。我快跑几步，发现前面是一处野沙滩。这是一处未经人工雕琢的野沙滩，除了金色的沙粒、茂生的苇草外，既无修筑的石坝，也没有观景台、通往沙滩的路标和指示牌，游人三三两两，大多为当地熟知地形的渔民。这野沙滩相当开阔，沿着长长的海岸线一溜拉开，抬起眼睛望不到边。

这个发现对我来说像个天大的秘密，它带给我的惊喜不亚于淘金人发现了一处新的金矿。自那以后，我的生活除了写作、阅读、看电影、到林间散步，又多了一项内容——看野沙滩。

像一支曲子从低音区到高音区，看野沙滩成了散步这每天必做之事的高潮部分，感受如下：从幽暗的森林走出来，登陆野沙滩的一刹那，眼前为之一亮，想大叫一声；在野沙滩上行走，任海风吹乱头发，往事蜂拥密集而至，感觉泪湿眼眶，用手摸一摸脸，却是干的；夕阳西下，回望一眼森林，发现森林真的很美。

散步的时候，我经常会遇到一些令人快乐的事物，比如走着走着，突然听到一阵奇怪的鸟叫从树丛间传来，声音很大，像是人模仿出来的，这时我的脑海里会浮现出一个乡下的懒人蹲在草丛里，拿两手做喇叭状恶搞，但正在怀疑之时，却看到一只巨大的白鸟兀自起飞，飘然而去，远远的叫声在林中回响。

那天，我正在海边的林子里瞎逛，正午的太阳有点儿烤人，路边的青草都蔫头耷脑的，早晨草尖上的露水消失殆尽。为了躲开日光的直射，我绕过空地，尽量在枝叶间穿行。我用手拨开树丛和灌木，走出来时头发湿淋淋的，也不知是汗水还是露水。青草蓬勃如歌，脚底绵软浩荡如云。我的四周响着悦耳的蝉鸣，像无数孩子在树上唱歌跳舞，又像是一支庞大的乐队在演奏。一度，蝉声让我陷入幻觉。看到满地都是黑影，一块一块的像墨汁，并且从中跳出了星星，我感觉很不对劲儿，急忙停下脚步，定了定神，良久视觉才恢复正常。

这时候，我看到从野沙滩方向走过来一个人，他走路时身子歪歪斜斜的，像是喝醉了，脸红红的，连胸膛都是红的。我急忙迎上去问："老乡，沙滩上发生了什么事？是什么声音？"

他说："要收网了，在拉渔网呢。"

"打鱼收工啊！"我心下掠过一阵惊喜，因为我自幼在平原上长大，对渔民的生活极为陌生，拉渔网的场面我还从来没有见过。我问那个人："好玩吗？"问完立马就后悔了，他的回答果然与我想象中的十分一致，几乎一字不差。那个人说："就是干活呗，有啥好玩不好玩的。"一边嘟哝着，那个人就沿着林中土路走远了。望着他的背影，我突然悟出一个道理：在这个世界上，哪怕是一桩普通微小的事情，如果你没有见过，你就不能说它是简单的。一个人的学问再大，大得可以倒背天书，他仍然会在一株陌生的草面前显得有些无知，因为他不知道草的名字，不熟悉草的习性，更不知道这种草适合在何种土壤里生长、在什么季节会结出什么样的花穗和种子。

一个著名学府的大学教授，一个名满天下的大学问家，却被一株草难倒，额头冒汗，说话结结巴巴。

后来，我走出森林，走向野沙滩，加入了拉渔网的队伍。

拉渔网的整个过程都是令人愉快和兴奋的，我使出吃奶的力气紧拉网绳，竟然没有累的感觉。拉网的整个过程大约一个钟头，我去晚了，此前人们已经心怀期待地劳动了半个钟头，剩下的半个钟头是最激动人心的，因为所有的人都渴望在渔网出水的时刻看见一群活蹦乱跳的大鱼，最好是能打到一网罕见的娃娃鱼，而且多得用麻袋装不完，拿来的木桶也不够用。遗憾的是，当网绳被全部拉出水面，一个惊人的消息也在耳边传开：渔网破了，所有的大鱼都从漏洞里溜掉了，一船人一周的劳作白费了。

1．按要求赏析句子。

（1）此刻的船老大显得威风凛凛，紫铜色的脸上连皱纹都紧紧的，目光很酷，看谁都透着几分凌厉的光芒。（说说加点词语表达的效果）

（2）那天，我正在海边的林子里瞎逛，正午的太阳有点儿烤人，路边的青草都蔫头耷脑的，早晨草尖上的露水消失殆尽。（从修辞的角度）

2．“在这一刹那，我突然觉得劳动很神圣很伟大，人只要劳动着，长相再普通也是美丽的。”作者为什么会产生这样的想法？这句话表达了作者怎样的思想感情？

3．“我问那个人：‘好玩吗？’问完立马就后悔了，他的回答果然与我想象中的十分一致，几乎一字不差。那个人说：‘就是干活呗，有啥好玩不好玩的。’一边嘟哝着，那个人就沿着林中土路走远了。”你怎样理解这两个人的对话？

4．“遗憾的是，当网绳被全部拉出水面，一个惊人的消息也在耳边传开：渔网破了，所有的大鱼都从漏洞里溜掉了，一船人一周的劳作白费了。”文章最后一段有什么深刻的含义？

参考答案：

1.（1）加点形容词的运用，更加突出了船老大的干练、坚毅。

（2）这句话应用了拟人的修辞手法，更加突出了天气的火热。

2．因为拉网的场面十分壮观，让作者感受到了劳动之美。这句话体现了作者热爱劳动、赞美劳动的精神境界。

3．每个人的生活经验不同，对同一事物的感受也就不一样。作者认为新鲜好玩的收网，渔人就觉着很普通。

4．并不是所有的付出都有回报，要正确认识得与失。

雪乡的地理与节气

三月过后，积雪融化得很快，山溪会顺山而下，响满山谷，是天然的矿泉；河岸边野花怒放，植物茂密生长，比露水更新鲜。蕨菜、荠菜、蘑菇、木耳……各种山珍野菜多得采不完，采过一茬，新的植物又迅速生长起来，绿得像油，或者花开得像血。林间的气息太好闻了，永远都是湿漉漉、暖融融的，吸到鼻子里，昏沉的脑子清亮了，目光也立马清澈起来。野鹿、狍子、山鸡遍地奔跑，各种鸟叫虫鸣声此起彼伏，一支大地合唱队瞬间组成了，要上演一台没有人类听众参与的超级自恋的节目。

春天入境，到处是雪融化的声音。雪乡的日光是没有雾霾遮挡的，刹那间就能听到悦耳的融雪声，比下雨还密集。有人把一块油毡布铺到屋檐下，会听到上帝的擂鼓声，当然擂的是小鼓，节奏均匀且悦耳动听；如果把一只空铁桶放在松树下，雪水会顺着树枝流淌而下，顷刻间注入半铁桶雪水，整个过程充满了诗意，连阳光都融进雪水里了——在我的故乡鲁西平原上，家家户户用辘轳从井下汲水。夏天，男人光着膀子，把水桶续到井底，打满水，摇着辘轳车把水提上井沿，整个过程吃力，汲完了水，还要用扁担把水挑回家，搞得全村的男人都早早地成了罗锅儿，毫无诗意可言。当时，全村只有一口甜水井，每天早晨都聚满了挑着扁担排队的人，天长日久，乡亲们难免因此发生各种摩擦，有时因为挑水问题发生口角打起架来，扁担就成了攻击对方的武器，凛然变成了武松手中的哨棒。

写到这里，我的脑海里突然跳出一个亲切的意象：水缸。挑回家的水，会在水缸里储存，其实是一口大瓮，村子里讲究的人家还会在里面养红锦鲤招运气，图日子过得红火。水缸是我童年印象中最有诗意的物件，因为它摆放在院子里，总是装满了水，夏天的夜晚趴在水缸前，会看到星星和月亮在水里浮游，那一刻，我感觉天地之间存在着巨大神秘。

夏天的雪乡其实很好看，但此时已经像一座上帝留下的空寂的花园，没有什么游人来观赏了。偶尔会有几个美术学院的学子出现，背着画夹子写生。他们在草木间出没，捕捉森林与河水的气息，画下光影在林间的变幻。沿森林的小路向深处走，会感觉到一种巨大的阴凉氛围，昏睡的头脑顿然清醒，目光恢复孩童般的明亮，看到原始森林中强大的生命：半截木桩上生出油绿的枝条，蟒蛇逶迤从容穿越山溪，乌鸦在树枝间聚集聒噪，麋鹿和野猪在风中跳跃奔跑……

在荒凉的雪乡，狼还顽强地存在，只是很难发现它们的踪迹；后工业时代，狼已经构不成种群，连雪乡这样的地方也不是它们的乐园。野猪不同于家猪，它们机敏而聪明，很难捕捉，从前有职业猎人总结了一整套猎获野猪的经验——下套子和埋夹子，最干脆的是用双筒猎枪将野猪一枪毙命。如果有人打死了一只重达三百斤的野猪，是不能独吞的，而是要杀了猪割了肉，东家一条西家一条的挨家分赠，那是雪乡人大碗饮酒大块吃肉的节日。

较之其他动物，狍子是最容易捕获的。它们模样像鹿，但智力比鹿差远了，我因此怀疑它们是鹿与鹿近亲交配的产物。除了形象上与鹿相近以外，它们憨态可掬的容貌也让人顿生同情，我甚至觉得是造物主在开一场无意识的玩笑。我住的那家客栈，主人养着四五只傻狍子，老板娘笑着说它们太好捕捉了，随便拿点吃食就能让它们中招，从林中尾随到院子里，从此成为没有分文成本的家畜，丧失自由，在木笼子里度过余生。它们先是被主人豢养一阵子，最终的命运只有一个：变成餐桌上的野味。也许是出于对狍子的悲悯吧，我几次婉拒了店主的劝诱，没有把狍子肉列入品尝菜单。我救不了这几只狍子的命，但可以让其中的某一只多活两天。

一年四季，雪乡有三个季节的寂寥时光，漫长而乏味，仿佛已被外面的世界遗忘。街上稀稀拉拉地走着无聊的老人、懒洋洋的狗，偶尔有车辆经过。山上的植物在生长，木耳从树桩上生出来，蔬菜和庄稼也在长，夜晚静得能听到森林与树叶的呼吸。

1. 你认为雪乡哪个节气是最美的？为什么？

2．“在荒凉的雪乡，狼还顽强地存在，只是很难发现它们的踪迹”，分析这句话中“顽强地存在”有什么深刻的内涵。

3．“如果有人打死了一只重达三百斤的野猪，是不能独吞的，而是要杀了猪割了肉，东家一条西家一条的挨家分赠，那是雪乡人大碗饮酒大块吃肉的节日。”对这段描述，你是怎样理解的？

4．对于文中狍子的命运，说说你的认识。

参考答案：

1．雪乡的春天是最美的。可以从以下三个方面来说：动植物、气息、声音。

2．第一，说明狼的生存能力极强；第二，说明大工业时代，狼的生存环境的恶化。

3．这段描述表现出雪乡人的纯朴，他们思想里存在着原始的共同享受劳动成果意识。

4．贪婪、愚蠢、经不起物质诱惑，就会失去自由乃至生命。（围绕这个思想来答题都正确）